마흔의 온도

마흔의 온도

발행일   2022년 1월 10일

지은이   이다루
펴낸이   손형국
펴낸곳   (주)북랩
편집인   선일영   **편집**   정두철, 배진용, 김현아, 박준, 장하영
디자인   이현수, 허지혜, 안유경   **제작**   박기성, 황동현, 구성우, 권태련
마케팅   김회란, 박진관
출판등록   2004. 12. 1(제2012-000051호)
주소   서울특별시 금천구 가산디지털 1로 168, 우림라이온스밸리 B동 B113~114호, C동 B101호
홈페이지   www.book.co.kr
전화번호   (02)2026-5777   **팩스**   (02)2026-5747

ISBN   979-11-6836-120-1 03810 (종이책)   979-11-6836-121-8 05810 (전자책)

(주)북랩 성공출판의 파트너

북랩 홈페이지와 패밀리 사이트에서 다양한 출판 솔루션을 만나 보세요!

홈페이지 book.co.kr   •   **블로그** blog.naver.com/essaybook   •   **출판문의** book@book.co.kr

---

작가 연락처 문의 ▶ ask.book.co.kr

작가 연락처는 개인정보이므로 북랩에서 알려드릴 수 없습니다.

마흔의 온도

이다루 소설

북랩 book Lab

목차

Two Bathroom
7

How Are You
39

Our Man
73

Tunnel House
127

작가의 말 • 198

부록 | 마흔 살의 9가지 이야기 • 203

Two
Bathroom

성진씨를 알게 되면서 나는 저울에 자주 올라갔다. 끼니때마다 저울에 올라간 적도 많았다. 그를 알기 전에는 한번도 해보지 않은 행동이었다.

성진씨와 손을 잡고 있던 그날에는 떠오르는 달마저 생경해 보였다. 이상하리만치 달이 자꾸만 우리를 쫓는 것만 같았다. 성진씨와 나란히 걷는 길목에서도 초승달은 고개를 틀면서까지 우리를 지켜보려고 작정하는 듯했다. 짓궂은 달님 같으니라고. 피식 웃음이 샜다. 성진씨의 걸음이 멈춰선 건물 앞은 달빛이 반사되어 그런지 유난히 거무튀튀해 보였다. 그는 말없이 지문으로 얼룩진 투명한 유리문을 밀었고, 나는 스스럼없이 그의 뒤를 따라 걸었다. 로비의 딱딱한 시멘트 바닥에서 성진씨는 엘리베이터 버튼을 눌렀다. 그는 각이 틀어질 대로 틀어진 빛바랜 검은색 서류가방을 겨드랑이에 꼈다. 우리는 함께 엘리베이터에 올라탔다. 8층에서 멈추자 그는 당연한 듯 자연스레 걸음을 뗐다. '띠걱, 띠걱.' 그의 발소리가 꽤나 경쾌했다. 그가 걸음을 멈추고 겨드랑이에 낀 검은색 가방 안으로 오른손을 넣어 헤집기 시작했다. 복도에는 수명을 다한 천장등이 악을 다해 빛을 뿜어내고 있었다. 쨍하게 선명한 형광등이 아니어선지 스산하게 느껴졌다. 내가 그런 기운을 맞고 있을 때쯤 성진씨의 어깨는 자꾸만 밑으로 처졌다. 그의 오른손이 가방 속으로 깊이 들어간 채 등이 동그랗게 구부러졌다. 803호 문 앞에서 성진씨의 어깨는 보일 듯 말 듯 오그라지고 없었다. 나는 어색하게 침묵을 지키며 그의 뒤를 버티고 서 있었다. 잠시 후 가방 안에서 찰랑거리는 소리가 났다. 그의 어깨를 삼킨 가방에서 빠져나온 알록달록한 열쇠 꾸러미가 재빨리 제 구멍을 찾았다.

'딸깍' 어렴풋한 자주색의 현관문이 불쑥 열렸다.

"들어와." 성진씨는 망설임 없이 나의 팔을 잡아당겼다. 나는 그의 등 뒤를 따라 그가 잡고 있던 현관문을 건네받았다. 그는 성큼성큼 들어갔지만 나는 손가락에 힘을 주며 그 문을 버티고 서 있었다. 그때 집안으로 들어간 성진씨가 뒤로 돌며 눈썹을 위로 치켜올린 채 나를 봤다.

"뭐해, 들어오지 않고." 나는 그제야 현관문을 잡고 있던 손가락에 힘을 빼며 두 발을 그의 집으로 들였다.

내가 손을 떼자마자 현관문은 가볍게 쉬이 닫혔다. 요란한 울림 소리도 났다. 문이 닫히자마자 내가 서 있던 공간은 금세 비좁아졌다. 나뒹구는 성진씨의 삼선 슬리퍼 옆에는 그가 방금 막 벗어던진, 뒤집힌 구두가 제멋대로 놓여 있었다. 그런데도 현관은 내가 옆으로 움직일 수도 없을 만큼 꽉 찼다. 나는 허리를 구부려 뒤집힌 구두 한 짝을 들었다. 내 손가락이 그의 구두 뒤축에 들어가자마자 축축하고 뜨듯한 온기가 손끝으로 전해졌다. 나는 나란히 놓인 성진씨의 구두 옆으로 두 발을 가져가 한발 한발 구두를 벗어제꼈다.

스타킹을 신고 선 그 집의 바닥은 얼음장 같았다. 순식간에 얼어붙은 발가락이 나도 모르게 동그랗게 오므라졌다. 나는 어떤 동선으로 움직여야 할지 몰라 길게 끈이 늘어진 핸드백을 양손으로 붙잡고 서 있었다.

"설마 남자 사는 집이 처음은 아니지?"

성진씨는 두 눈을 동그랗게 뜨며 나를 위아래로 훑어보며 호탕한 웃음소리를 냈다. 알은체를 하면서도 확신은 덜 찬 그의 눈빛이 마냥 거슬렸다. 나는 입술을 안으로 넣고 입을 오므리면서 그의 눈치를 살폈다. 그러곤 눈썹을 있는 힘껏 치켜올리면서 성진씨의 눈과 마주치지 않으려고 안간힘을 썼다.

"성진씨, 난 남자 혼자 사는 집은 처음이야."

"푸하하하하."

알 수 없는 성진씨의 웃음소리가 귀에 내내 거슬렸다.

나의 처음에 대해 정의를 내리자면, 뭘 어떻게 해야 할지 일련의 '매뉴얼'이 없는 상태를 말하는 것이었다. 그래선지 나는 성진씨 앞에서 '처음'이라는 단어를 종종 남발했다. 그도 그럴 것이 성진씨의 집에 들어온 건 처음이었고, 그 안에서 그를 마주하는 것은 어색한 일이 분명했다. 그런 그는 무지의 나를 '앎'의 단계로 이끌어주려고 부단히 애를 쓰는 것 같았다. 그런 성진씨 앞에서 나의 생각이나 행위 따위는 아무런 의미를 띠지 못했다. 우리의 관계는 나의 '처음' 때문에 그가 온전히 지휘하고 지도하는 식이었고, 그는 여느 남자들과 다를 바 없이 특별할 것도 평범할 것도 없었다. 다만 40대의 첫 연애는 불필요한 '앎'의 단계를 생략하는 게 철칙 같았다. 그 또한 성진씨의 오롯한 주장이었다.

　열 평쯤 되어 보이는 그의 오피스텔은 채도가 낮았다. 어둑한데도 곳곳마다 그의 흔적이 금방 눈에 띄었다. 세월에 바래선지 누런 색감이 감도는 벽지에는 그의 손가락 지문들이 여기저기 묻어나 있었다. 엄지와 검지로 보이는 지문 모양도 있었고, 손가락으로 찍그은 자국도 군데군데 보였다. 그것들은 거무튀튀한 음영 탓에 유난히 도드라져 보였다. 옆으로는 볼펜으로 휘갈긴 글씨와 어렴풋한 숫자도 벽에 휘갈겨져 있었다. 나는 한두 발짝 걸음을 떼어 몸을 앞으로 기울여 낙서가 새겨진 벽을 응시했다.

'50.1.11/26' 흘깃 보아도 뜻 모를 숫자들만 정확히 쓰여 있었다. 그때, 성진씨가 짙은 회색의 양복 상의를 컴퓨터 의자 위에 걸쳐놓았다. 그는 집에 들어오면 늘 하던 식의 동선을 따르는 것만 같았다. 신발을 벗고 들어와 상의를 의자 위에 걸친 후에 컴퓨터가 놓인 책상 옆 벽면에 있는 전등 스위치를 누르고, 그 아래에 있는 난방 스위치도 켜는 식인 것 같았다. 손을 뻗으면 닿을 것 같은 천장에는 서너 번 불이 깜빡거리다가 갑작스레 쨍한 빛이 들어왔다. 전등 케이스도 없이 천장에 달린 형광등은 눈이 시릴 정도로 집안을 밝혔다. 그럼에도 불구하고 성진씨의 집은 환하면서도 묘한 적막감이 감돌았다. 집 안에 마땅한 가구가 들어차 있지 않아서일까. 그의 집에서 눈에 띄는 거라곤 컴퓨터가 놓인 책상과 책상 의자, 2인용 식탁 그리고 싱글 사이즈 침대뿐이었다. 책상 옆에는 내 무릎 정도 높이의 작은 냉장고도 한 대 있었다. 나는 오므라진 발가락으로 서 있으면서도 멀뚱한 척 눈동자를 좌우로 돌려 그 집의 전부를 훑어내고 있었다. 나와 달리 성진씨는 침대 모서리에 걸터앉아 그런 나를 계속 지켜보고 있었던 모양이다. 그가 두 팔을 침대 뒤로 크게 뻗어 상체를 비스듬히 기댔다. 이내 가라앉은 목소리로 느긋하고 친절하게 말했다.

"내 옆으로 와서 앉아봐."

고개를 돌려 바라본 성진씨의 모습은 셔츠의 두 번째 단추가 풀어헤쳐져 몰캉한 살집이 드러나 있었다. 목 아래에서 풀어진 사선 무늬의 넥타이는 채 풀리지도 않은 채 흰 셔츠의 왼쪽 주머니 속에 들어가 있었다. 자기 공간에 들어오자 어지간히 뒤틀린 모양새가 나는 여간 달갑지가 않았다. 대답 없이 꿈적도 하지 않는 내가 탐탁지 않은지 이번에는 성진씨의 한쪽 다리가 다른 쪽 다리의 무릎 위로 무겁게 올라가고 있었다.

"집에 별것도 없는데 뭘 그렇게 구경해. 그만하고 내 옆으로 와."

"괜찮아. 이렇게 서 있는 게 편해."

나는 최대한 멍청한 눈빛으로 그를 바라보며 대답했다. 그러자 성진씨의 한쪽 입꼬리가 씰룩댔고 뒤로 젖혔던 상체는 곧바로 꼿꼿해졌다.

"그럼 우리 한잔 더 마실래?"

절대 떨어지지 않을 것 같은 그의 엉덩이가 가볍게 침대 위를 벗어났다. 단추 두어 개 더 풀어헤칠 것만 같았던 야릇한 그의 눈빛도 금세 딱딱해졌다. 그래선지 터덜거리며 주방으로 향하는 그의 걸음걸이가 어리광스러웠다.

나는 성진씨가 건넨 차가운 맥주를 연거푸 마셨다. 그는 한 잔을 권하고 나서 또 한 잔을 권했고, 말도 없이 같은 동작만 반복했다. 술 잘 먹는 여자는 매력이 넘친다면서 이상한 칭찬도 늘어놓았다. 얼마나 시간이 흘렀을까, 점점 그의 몸짓과 말투가 슬로우모션처럼 느릿느릿 재생되기 시작됐다. 그 와중에도 나는 재차 그를 향해 중얼거렸다.

"집에 가야 하는데, 이렇게 취하면 안 되는데." 나는 머리를 흔들면서 자리에서 일어나려고 했다. 그때마다 성진씨는 자고 가라면서 내 손을 잡아끌었다.

"안 돼, 사귀는 것도 아닌데 여기서 잠을 어떻게 자."

내 말에 성진씨가 당연하다는 듯 대답했다.

"그럼 지금부터 사귀면 되겠네."

그는 말이 끝나기가 무섭게 내 입술을 자신의 입술로 덮었다. 굳이 내 대답은 들을 필요도 없다는 듯이. 그럴 것이 사귀자는 말 한마디와 육체적 애정과의 간극은 몇 년 전 연애 때보다도 확 좁아진 게 분명했다. 지체하기엔 조급한 마흔이라는 나이 탓일지도 몰랐다.

　우리는 사귀기로 한 지 10분도 채 안 되어 서로의 몸을 탐닉하고 있었다. 그의 사랑은 저돌적이고 직설적이었고 또한 이기적이었다. 그는 나의 호기심은 안중에도 없다는 듯 오롯이 자신의 호기심으로만 시간을 채웠다. 마치 극도로 허기져서 게걸스럽게 음식을 먹어보겠다는 사람처럼. 원숙해진 나이처럼 우리의 신체 또한 조금의 여유도 없이 조급하고 절절하게 움직였다. '진정하자.' 그때마다 나는 속으로 나를 잠재워야 했다. 그것도 잠시, 서로에게 꼼짝없이 전율되어버리자 어느 순간 짧디짧은 들숨과 날숨만 반복되고 있었다. 그가 어루만지는 자리마다 무한한 사랑이 솟구치는 것만 같았고, 오랫동안 그 사랑이 내 안에 머물러 있기를 바랐다. 초침의 째깍거림조차 시시한 공해로 느껴질 즈음, 비로소 우리는 절정의 순간으로 치닫고 있었다. '진정하자.' 그 속에서 성진씨는 현란한 악기를 다루듯 내 몸을 능숙하게 연주했다. 무지한 사람이 약자라는 당연한 논리가 사랑에서도 여전히 성립되는 것 같았다. 나는 그 앞에서 어떤 반항이나 거부도 일절 하지 않았다. 한평생 숨겨두었던 선율을 마침내 그가 찾아주었기 때문에. 그의 악보대로 내 몸은 위아래로 움직이거나 좌우로 돌면서 동작과 멈춤을 반복했다. 찰나에 분출된 스파크는 건조한 살결 속으로 스며들어가 생기를 돋아나게 했다. 숨이 멎을 듯하다가 서둘러 얼굴을 베개로 감쌌다. '진정하자.' 그게 싫지만은 않았다.

우리의 연주가 끝나갈 무렵, 성진씨는 그럴 줄 알았다는 듯 쩌렁하게 웃어젖히기 시작했다. 마치 나를 다 안다는 듯이, 뭔가 거만한 눈빛으로, 나의 경험이 도견당하는 기분이었다.

"처음처럼 괜찮았어."

그 말을 듣는 순간 나의 정수리가 사정없이 간지러워지기 시작했다.

그날 밤이 지나고부터 성진씨의 야근은 부쩍 많아 졌다. 그는 회사와 일밖에 모르는 단순하고도 지루한 일상을 반복하는 것 같았다. 그렇게 한참 시간이 흘러서 우리는 겨우 만났다. 다시 찾은 그의 집은 여전히 어두컴컴하고 음침했다. 이질감마저 들었던 집안의 공기도 더 이상 생채기가 나지 않았다. 나는 누가 시키지도 않았는데 곧장 외투를 벗어 컴퓨터 책상 앞 의자 위에다 옷을 걸쳤다. 앞에서 성진씨가 하는 대로. 그때, 무언가 달라져 있는 새로운 낙서가 눈에 띄었다. 이 집에 처음 들어와서 보았던 이상한 숫자들. 그 옆에 또다시 적힌 '50.30.12/25' 대체 뭘까? 쉽게 지나칠 만도 한데 이상하리만큼 자꾸만 숫자로 시선이 향했다. 나는 그에게 물어보려다가 별것도 아니라는 핀잔만 들을까봐 입을 다물었다. 하기야, 그는 사건번호만 봐도 어지럽다는데, 그런 머리 아픈 업무들 중에 하나 겠지.

성진씨는 나를 위해 냉장고 안에 맥주와 소주를 잔뜩 채웠다고 했다. 보름 만에 우리의 두 번째 만남이라서 그런지 그가 설레발치며 온 집안을 돌아다녔다. 사

권 지는 거의 보름, 그에 비해 고작 두 번째 만남이라서 그와는 달리 나는 조금 섭섭한 마음이 들었다. 여전히 그의 집에서 단둘이 마주하는 것도 어색하기는 마찬가지였다. 그 때문에 나는 성진씨가 건넨 술잔을 스스럼없이 받들었다. 한 잔 두 잔, 급하게 들어간 술기운 때문에 그와의 서먹함이 금세 사그라졌다.

마침 술기운을 빌어 솔직해지기로 했다.

"성진씨! 계속 이렇게 혼자 살 거야?"

"아니, 난 독신주의자는 아냐."

"그럼 언제쯤 결혼하고 싶은데?"

"당장이라도 하고 싶지, 결혼."

성진씨의 대답에 나는 주저하지 않고 당돌해지기로 했다.

"성진씨 마음이 내 마음이야. 사랑하는 사람과 함께라면 나는 이런 단칸방도 좋아."

그 순간 나의 눈꺼풀이 파르르 떨려왔다. 나는 어려서부터 거짓말을 할 때마다 눈꺼풀이 진동하곤 했다. 나만 아는 거짓말탐지기 같은 것이었다. 그가 아무런 대답 없이 비어 있는 내 술잔에 술을 따랐다. 그리곤 자신의 빈 잔을 채워 건배를 외쳤다. 나도 그를 따라 잔을 부딪치고, 눈을 찡긋거렸다. 우리의 두 번째 밤이 다시 뜨겁게 깊어져갔다. 그와 밤을 지새울수록 사랑의 감정 또한 점점 걸쭉해져갔다. 나는 그의 일상이 궁금해졌고, 그러한 이유로 자주 메신저를 보내거나 전화를 걸었다. 그는 항상 바빴다. 내가 보낸 메시지를 확인조차 하지 않은 날도 있었고, 며칠 동안 연락도 하지 않는 날도 많았다. 연말과 연초에는 클라이언트와의 약속이 많고 야근도 많다면서, 이직한 직장에 적응 중이라 전화도 맘껏 할 수 없다는 게 그의 적절한 해명이었다. 나는 그때마다 그가 안쓰러워서 그 회사의 오너에게 화가 치밀어오르기도 했다. 경력자를 이렇게까지 부리다니, 그가 없으면 회사 하나쯤 돌아가지도 않느냐고 따져 묻고 싶을 정도였다. 그런 그가 무척이나 걱정된 탓에 잠을 이루지 못하는 날도 많았다. 끼니는 잘 챙겨먹는지, 쉬어가면서 일은 하는지. 연말에 잠시라도 시간이 되면 성탄절에 식사 한 끼는 할 수 있지 않겠느냐고 내가 그에게 물었다. 더구나 그날은 공휴일인데 회사도 하루쯤 쉬지 않겠냐면서.

애석하게도 그는 성탄절에도 출근을 한다고 했다. 바쁜 애인 때문에 외롭게 성탄절을 보낼 생각을 하니 쓸쓸하고도 서운하고, 서럽기만 했다. 그러한 탓에 손에 무언가 닿기라면 하면 금세 얼어붙을 것 같은 냉랭함으로 온 시간을 보냈다. 그렇게 허무한 성탄절이 지나가기 30분 전, 정확하게는 12월 25일 밤 11시 30분, 그가 내게 메시지를 급히 보내왔다.

"일이 지금 끝났는데, 잠깐 볼 수 있어? 너랑 같이 있고 싶다."

몇 분 전까지도 잠이 밀려와 눈물 섞인 하품만 계속했는데, 메시지를 읽자마자 금방 생기가 솟아났다. 누가 쫓아오는 것마냥 곧장 택시를 타고 그의 집으로 향했다. 한 손엔 그에게 건넬 성탄절 선물이 달랑거렸다. 803호 현관문이 열리자, 그가 멋진 양복을 차려입은 채 나를 반겼다. 사귄 지는 거의 한 달, 오늘이 겨우 세 번째 만남이지만 그가 이토록 멋지게 차려입은 적은 처음이었다. 나는 현관에서 마주 보고 서 있는 그의 품으로 신발도 벗지 않고 와락 달려들었다. 그가 나를 품에 꼭 안았다. 그의 팔이 점점 조여왔다. 어떠한 대화도 없이 그가 내 턱을 잡고 입을 맞추기 시작했다. 술도 입에 대지 않고 맨 정신으로 그를 품는 건 처음이었다. 마치 처음인 것처럼, 그의 품에서 풍겨나오는 향기에 온몸이 자극됐다. 그러는 동안 그는 거칠게 나의 상체를 파고들었다. 그의 손이 정성스레 다린 분홍빛 셔츠 사이로 침범하다가 이내 멈췄다. 왜 이런 옷을 입고 왔냐며 그가 미간을 좁히며 짜증을 냈다. 그런 투정쯤은 매일 밤 듣고 싶어졌다. 그럴 것이 전문직 그리고 결혼, 그를 만나면서 두 개의 단어가 꽤나 잘 어울린다고 생각해왔다. 그때, 나도 모르게 불쑥 속마음이 새나왔다.

"성진씨! 우리 결혼하자."

그가 내 분홍빛 셔츠의 네 번째 단추를 풀다 말고 급하게 동작을 멈추었다. 구부정하던 몸이 곧바로 꼿꼿해졌고, 그제야 우리는 두 눈을 마주 봤다.

"갑자기 무슨 결혼이야. 우리가 얼마나 만났다고."

"만난 시간이 뭐 중요해. 이렇게나 마음이 잘 맞는데."

그때 성진씨의 두 팔에 힘이 빠졌다. 하나인 것처럼 붙어 있던 우리의 몸이 다시 분리됐다.

"결혼하고 싶다는 생각은 해본 적이 없는데."

그의 말끝이 싸늘해졌다. 아직 마침표가 찍히지 않은 그의 말끝이 귓가에 자꾸만 맴돌았다. 나는 그의 문장에서 빠진 말을 붙여보았다.

'너랑 결혼하고 싶다는 생각은 해본 적이 없는데.'

찬물을 끼얹어 꺼져버린 불씨처럼 흥분이 순식간에 가라앉았다. 더구나 결혼이라는 단어를 꺼낸 뒤로는 그의 말투도 사나워졌다.

"술 마실래? 역시 너랑은 술 없이 안 되겠다."

차갑게 식어버린 그의 말이 어느 때보다 날카로웠다.

"무슨 말이 그래?"

"아, 오해했다면 미안."

그의 짧은 사과를 건네받고도 나의 마음은 이미 상할 대로 상해 있었다. 그와 함께할 수 있기를 그토록 바랐던 12월 25일이니까, 나는 속으로 청혼에 까였을지언정 툴툴대지는 말자고 다짐했다. 그러는 동안 그가 술잔에 맥주를 따랐고 하얀 거품이 이내 맥주잔을 집어삼켰다. 잔 밑으로 흘러내리는 거품을 후루룩 마셔버리는 그가 방정맞아 보였다. 그의 두툼한 혀가 끊이지 않고 유리잔의 위아래를 오갔다. 목마른 짐승처럼 거침없이.

나는 먹먹한 공기를 헤집고 식탁 의자에 앉았다. 그가 나지막한 목소리를 냈다.

"난 당분간 결혼 생각은 없어. 일이 너무 바쁘거든."

"알겠어."

그의 잔이 순식간에 비워져서는 하얀 거품만 몽글몽글 피어났다.

"그리고, 있잖아."

그가 말을 하고서 잠시 뜸을 들이는 사이 묘하게 가슴 한쪽이 저려왔다.

"우리 이쯤 해서 그만 만나는 게 좋을 것 같아."

"뭐?"

어이가 없다는 표정을 짓고 있는 내가 대수롭지 않은 듯 그가 계속해서 말을 이어나갔다.

"내가 이번에 중요한 클라이언트를 맡았거든. 그래서 앞으론 이렇게 만나는 잠깐의 시간도 안 날 것 같아."

그의 검지가 물방울이 사정없이 흘러내리는 맥주잔을 훑었다.

"그 말, 안 들은 걸로 할게."

나는 말이 끝나자마자 물기가 흥건한 맥주잔을 들고 벌컥 들이켰다. 냉장고를 열어서 차가운 맥주캔을 꺼냈다. '딸칵' 하며 입구가 열리는 소리가 귓가를 찌릿하게 괴롭혔다. 나는 맥주를 잔에 따르지도 않은 채 캔 입구에 입을 대고 벌컥 들이켰다. 그는 연거푸 술을 마시는 나를 뭐라 형용할 수 없는 묘한 눈빛으로 바라봤다. 나는 다시 똑같은 행동을 반복했다. 냉장고를 열고 맥주캔을 꺼냈고, 다시 입을 벌리고 맥주를 벌컥 들이켰다. 그렇게 네 번째 캔을 따자마자 그의 목소리가 늘어진 테이프처럼 들려왔다.

"으악, 이게 뭐하는 짓이야."

나는 이상하게도 머리부터 발끝까지 아무런 감각을 느끼지 못했다. 오롯이 그의 목소리만 귓가에 맴돌 뿐이었다.

"시발, 변기는 저쪽이라고!"

다음 날 아침, 한쪽 어깨와 팔이 사정없이 저려왔다. 그 통증 탓에 순식간에 눈이 떠졌다. 보이는 것이라곤 싸구려 무늬목의 식탁 다리 네 개였다. 그러고보니 나는 밤새 식탁 아래에 웅크리고 누워 있었던 모양이다. 차가운 바닥의 냉기가 내 한쪽 몸을 짓누른 탓인지 감각도 잃었다. 조금씩 잠에서 깨어나자 팔다리가 저리다가 따끔거리기 시작했다. 그것과 함께 어디선가 시큼한 냄새도 풍겨왔다. 비릿하고 역겨운 악취였다. 나는 코를 킁킁거리며 냄새가 나는 위치를 살펴보았다. 그리고 순간적으로 역한 냄새가 내게서 풍기고 있다는 사실을 알아차렸다. 왼쪽 뺨으로 축축한 요철도 느껴졌다. 뭐지? 살구빛이 도는 액체의 흔적이 손가락에 묻어났다. 방금 전까지 누워 있던 바닥으로 눈을 돌렸다. 단추가 네 개쯤 풀어진, 입고 있던 분홍빛 셔츠가 돌돌 말려 바닥에 나뒹굴고 있었다. 나는 몸을 일으켜 셔츠 끄트머리를 잡고 들어올렸다. 다시 역한 냄새가 풍겨왔고, 군데군데 얼룩진 상태였다. "성진씨?" 그의 이름을 조심히 불러보았다. 처음에는 속삭이는 듯이, 아무런 대답이 없자 이번에는 조금 더 큰 소리로 그의 이름을 불렀다. 역시나 아무런 대답도 들리지 않았다. 그제야 바닥을 짚고 몸을 일으켜 세웠다. 단번에 시야에 들어온 식탁 위에는 하얀 종이만 덩그러니 놓여 있었다. 언뜻 보아도 그의 글씨가 종이에 휘갈겨져 있었다.

'제발 너의 흔적들은 깨끗이 치우고 나가라. p.s. 밥은 식탁에서, 오바이트는 변기에서.'

나는 그가 남긴 문장을 읽고 또 읽었다. 민망함이 한순간에 밀려왔지만 한편으론 통쾌한 기분도 들었다. 나는 곧장 욕실로 들어가 따뜻한 물을 틀었다. 그가 쓰던 비누를 쓰레기통에 버렸고, 서랍장에서 새 비누를 꺼냈다. 싱그러운 오이 향이었다. 쿰쿰한 냄새가 나는 수건으로 온몸의 물기를 닦았다. 물기가 채 마르지 않은 두 발로 온 집안을 돌아다니며 그와의 추억을 곱씹었다. 다시 식탁 앞으로 돌아와 그가 남긴 종이를 갈기갈기 찢었다. 식탁 위로 갈가리 찢긴 흰 종이들이 매섭게 흐트러졌다. 주섬주섬 옷을 챙겨입고 나가려는 찰나, 벽에 새로운 낙서가 적혀 있는 것을 보았다.

'50.50.1/14☆'

이번 숫자들 옆엔 별표도 그려져 있었다. 그에겐 꽤나 의미 있는 숫자인 것만 같았다. 그나저나 벽에는 50이라는 숫자가 꽤 많은 자리를 차지하고 있었다. 왜인지 그 숫자에 비해 나는 아무것도 아닌 것만 같았다.

그날 이후로 나는 그와의 관계를 정리하면서도 그의 SNS를 습관처럼 들락거렸다. 물론 헤어진 다음 날, 누가 먼저랄 것도 없이 서로의 팔로우를 취소했지만 앱의 알고리즘은 그의 계정을 자꾸만 내게 노출시켰다. 마치 그것이 내 마음을 간파하고 있는 양. 어쨌거나 그러한 알고리즘으로 나는 공개된 계정인 그의 SNS에 하루에도 몇 번씩 들어갔다가 나왔다. 다행인 건지, 그의 계정은 나와 헤어진 후로 어떠한 업로드 없이 조용했다. 그로부터 20여 일이 지난 어느 날, 그의 계정에 새로운 사진 하나가 업로드되었다.

네모난 프레임 속에 하얀색 편지 한 장이 찍힌 피드

였다. 편지 안에는 그의 글씨가 가득 채워져 있었고, 그 위로는 마주 잡은 두 손이 놓여 있었다. 그중 하얗게 가느다란 한 손에는 진주알만 한 반짝이는 다이아 반지가 끼워져 있었다. 네 번째 손가락이었다. 그리고 사진 아래로는 해시태그로 가득했다.

'#1월14일 #50일째되던날 #프로포즈 #결혼 #오영아 사랑해'

그의 소식을 몰래 훔쳐본 이후로 나의 시간은 한동안 멈춰 있었다. 보고도 믿겨지질 않아서 머릿속이 새하얗게 먹먹해졌다. 별안간 억울한 감정이 일다가 분노가 치밀기 시작했다. 그와 함께 했던 시간이 어이없다가도 허탈했고, 여전히 남아 있는 그를 향한 미련 앞에서 절규했다. 어떻게 나와 헤어진 지 20여 일 만에 다른 여자와 결혼을 약속할 수 있었을까. 순간 그의 집에서 보았던, 벽지에 잔뜩 휘갈겨져 있던 50이라는 숫자가 떠올랐다. 머릿속에 엉켜 있던 숫자들이 하나씩 떠오르자 순식간에 풀이되기 시작했다.

'50.1.11/26' 오영이와의 첫날, '50.30.12/25' 오영이와의 30일, 그리고 오영이와의 50일이 1월 14일. 그가 적어놓은 숫자들과 그녀가 한꺼번에 연결되자 수수께끼가 풀리듯 모든 것이 명확해졌다. 어리석게도 나만 눈치 채지 못하고 있었다는 무지함 때문에 애써 누른 분노가 다시 치밀어올랐다. 그것 때문에 숨까지 막힐 지경이었다.

나는 아무것도 할 수 없었다. 억울함을 표현한들 메아리로만 돌아올 게 뻔했다. 몰래 염탐해서 알아낸 사실이라도 나와는 별개라는 것을 너무나 잘 알고 있었다. 그래서 어떤 식으로 이 감정을 다뤄야 할지 몰랐다. 소시오패스처럼 감정을 떼어내보려고 안간힘을 썼다. 그럼에도 용서할 수 없는 그의 배신감에 다시 치가 떨렸다. 그사이 바깥의 날씨도 요란법석이었다. 번개가 치다가 소나기가 내렸다가 비가 그치자 다시 번개가 쳤다. 짓궂은 날씨처럼 내 감정도 나를 짓궂게도 못살게 굴었다.

나는 앱을 열어 그에게 다이렉트 메시지를 보냈다. 언제든 이렇게나 쉽게 연결되는 세상인데, 왠지 그와 나만 다른 세상에 사는 것만 같았다.

"안녕, 성진씨, 오랜만이야. 이제 한가한가봐?"

그는 내 메시지를 읽고도 어떤 답장도 보내지 않았다. 당연했다. 다시 그에게 메시지를 보냈다. 배신자를 응징해볼 심산이었다.

　"나 만날 땐 늘 바쁘더니 이젠 한가해져서 결혼도 하는 거야?"

　그에게서 곧바로 답장이 왔다.

　"우리 헤어졌잖아. 더 이상 이런 연락하지 마."

　"네가 양다리 걸친 거 그녀도 알고 있니?"

　"우리 일에 네가 무슨 상관이야! 그땐 서로 잠깐 같이 즐긴 것뿐이잖아."

　잔인한 그의 대답이었다. 난 그와의 사랑을 단지 재미로만 여긴 적이 단 한번도 없었다. 그랬던 나의 진심을 지금에야 그에게 내비치기는 더더욱 싫었다. 그 와중에 그가 다시 메시지를 보내왔다.

　"참, 아직도 네 악취가 내 집에 배어서 안 빠져."

　"성진씨, 그거 기억나? 'p.s. 밥은 식탁에서, 오바이트는 변기에서' 내가 시력은 엄청 좋거든."

딱 한 달 전, 그는 살고 있는 집을 떠나 다른 동네로 이사할 것이라고 호언장담했다. 어쩌면 그때 이미 그의 마음이 한쪽으로 기울어져 있었는지도 몰랐다. 나는 그의 집이 매물로 나온 부동산을 가까스로 찾아냈다. '정의로운 부동산' 이름 한번 마음에 쏙 들었다.

"여보세요. 공덕 로얄 오피스텔에 월세로 들어갈 물건 있을까요?"

"그럼요. 있고말고요. 8층하고 16층. 언제 시간 되면 한번 보러 오세요."

"16층은 높아서 8층이 좋을 것 같은데요. 제가 오전 시간이 편한데 한 11시쯤 볼 수 있을까요?"

"잠시만요. 집주인과 통화해보고 바로 연락 줄게요."

잠시 후 전화벨이 울렸다. 정의로운 부동산이었다.

"아가씨. 마침 8층 주인분이 내일 출근할 때 키를 맡기고 가시겠다네. 그럼 내일 오전 11시에 봐요."

집을 보기로 한 그날 오전엔 생리휴가까지 냈다.

"어제 통화한 아가씨 맞지? 일찍 오셨네."

부동산 사장이 그 집의 열쇠를 핸드백에서 꺼냈다.

"며칠 전에 나온 집인데, 글쎄 집주인이 결혼한다고

집에 있는 물건들 싹 다 정리해달라고 하더라고요. 쓸 만한 물건들은 그냥 두고 써도 좋겠어."

우리는 집 안으로 들어와 신발을 벗었고, 그녀는 이 곳저곳을 재빠르게 돌아다녔다. 그러다가 낙서가 잔 뜩 새겨진 벽면을 응시하면서 나를 달래듯 말했다.

"도배하면 괜찮아."

낙서로 휘갈긴 50이라는 숫자가 보이자 다시 머릿속 이 어지러웠다. 분노와 짜증을 삭이면서 온 집 안을 거침없이 둘러보았다. 점점 그와의 추억으로 아늑해졌 다. 그와의 미래가 못내 억울하면서도 그리웠다. 다시 는 오지 않을 것만 같은 기회 같아서 아쉬움도 컸다. 그때 그녀가 저편에서 나를 불러 세웠다.

"아가씨! 아가씨! 이쪽으로 와봐!"

나는 그녀가 있는 방으로 귀찮다는 듯 들어갔다. 그 녀는 행거에 가려진 작은 쪽문을 손가락으로 가리켰 다. 그녀가 둥그런 손잡이를 돌리자 문이 딸깍 열렸 다. 변기 하나만 놓여 있는 아주 작은 화장실이었다. 그의 집을 세 번이나 드나들었는데도 한 번도 보지 못 한 공간이었다. 그녀가 갑자기 콧방귀를 뀌면서 신기

하다는 듯 말했다.

"이 작은 집에 변기가 두 개나 있네. 사람 하나 더 들어와 살아도 되겠어."

그녀 말대로 변기의 숫자는 사람의 숫자와 과연 비례한 관계인 건가. 이만한 매물이 없다는 그녀를 뒤로 하고서 나는 서둘러 그의 집을 나왔다. 구석구석 내 몸에서 그 집의 변기 냄새가 진동하는 것 같았다. 그 탓에 속도 메스꺼워졌다.

정의로운 부동산 사장은 성실했다. 그날 이후로 틈만 나면 연락을 해왔다. 오피스텔 매매 문의가 많아졌다느니, 곧 가격이 인상될 것 같으니 지금이 적기라면서, 그 와중에 화장실이 두 개라는 메리트는 꼬박 내세웠다. 내가 시원찮게 대답하고 나면 그 동네의 다른 집들의 매매 정보를 흘리곤 전화를 끊는 식이었다. 그러던 어느 날 이른 아침에 오피스텔 집주인과 협상을 했다면서 그녀가 들뜬 목소리로 내게 전화를 걸어왔다. 성진씨와의 협상이었던 모양이다. 시세보다 2천만 원이나 가격을 내렸다면서 집주인이 통 크게 양보했다고 말했다. 나는 사장의 제안에도 시시하게 대꾸했다. 그러자 그녀는 안절부절하면서 천운의 기회를 놓칠 거냐고 으름장을 놨다. 천운? 성진씨가? 나는 어이가 없어서 서둘러 전화를 끊었다.

이튿날 아침에도 사장은 일찍부터 영업을 시작한 모양이었다. 나는 부스스한 눈을 비비며 수신 버튼을 눌렀다. 그녀는 다짜고짜 성진씨가 살고 있는 집을 1천만 원 더 가격을 조정했다고 알렸다. 이틀 만에 3천만 원을 할인해주는 통 큰 성진씨였다. 구축 건물에다 관리도 잘 안 돼서 가격만 조정한다고 금세 매매가 이루어질 물건이 아니란 걸 나는 진작부터 알았다. 그런데도 사장은 괜한 오기를 부리듯 가격 조정에만 온 힘을 기울였다. 그럴 것이 성진씨는 사랑도 이사도 급한 것 같았다. 그녀 말로는 결혼식을 올리기 전에 서둘러 신혼집으로 이사를 가야 한다고 했다. 그러면서 하루라도 빨리 살림을 합치고 싶어 하는 새신랑이라며 깔깔거리기도 했다.

어쨌거나 성진씨는 유일한 매수자인 나를 붙잡고 싶어서 안달이 난 상태였다. 다음 날, 집주인이 가격 협상을 하자며 원하는 가격을 제시해달라고 사장을 통해 물어왔다. 그는 내 앞에서 자신을 온전히 내려놓은 것만 같았다. 그 순간 괜한 오기가 발동하기 시작했다. 나는 정의로운 부동산 사장에게 곧장 말했다.

"그렇다면 매매가를 총 3천만 원이 아닌 4444만 원 낮춰준다면, 생각해보도록 할게요."

그녀가 어처구니가 없다는 듯이 혀를 찼다.

"아니, 아가씨. 4천도 아니고 4444만원이 뭐야, 장난하는 것도 아니고."

"그런가요? 뭐, 어쩔 수 없죠."

나는 수화기를 막고 입 밖으로 터져나오려는 웃음을 간신히 참았다.

"어쨌든 조정이 가능한지 집주인에게 문의해주세요."

그날 오후, 정의로운 부동산 사장의 번호로 전화벨이 급하게 울려댔다.

"아가씨, 집주인이 그렇게 해주겠대. 사천사백사십사만 원 깎아준다네. 그럼 계약 날짜 언제로 잡을까? 당장 오늘도 가능하지?"

"그래요? 그럼 저도 다시 생각해보고 알려드릴게요."

"가격 조정해주면 당장 계약하겠다며, 내가 얼마나 애를 썼는데, 아가씨 반응이 이러면 섭섭하지."

"사장님의 노고가 컸다는 건 잘 알죠. 그런데 계약을 당장 하겠다고는 안 했고, 가격이 조정되면 생각해본다고 했고요. 일단 조건은 좋아졌으니 고려해볼게요."

나는 집주인이 성진씨라는 것도, 부동산 사장의 반말도 썩 마음에 들지 않았다. 무엇보다 두 사람의 무례함이 다른 듯 닮아 있었다. 다음 날 나는 동이 트지도 않은 새벽녘에 일어나 부동산 사장에게 문자를 보냈다.

'어쩌죠. 그 집보다 훨씬 더 괜찮은 집을 찾았어요. 그럼 수고하세요.'

How Are
You

나는 혁의 뒤통수를 향해 눈을 흘겼다.

'재수 없어.'

혁은 아랑곳 않고 한쪽 어깨에 가방을 맸다. 뒤에서 멀찌감치 서 있던 내게 눈길 한번 주지 않고 곧장 신발을 신고 현관문을 열었다. '쾅' 복도에 난 창문과 맞바람을 탔는지 문이 세차게 닫혔다.

"깜짝이야!"

나는 텅 빈 집에서 홀로 가슴을 쓸어내렸다. 놀랐던 심장이 가라앉아서인지, 아니면 혁이 내 눈앞에 보이지 않아서인지 알 수 없었다.

나는 딱딱한 베이지색 소파에 앉아 등을 기댔다. 순간 머릿속에서 혁이 던진 말들이 비 오듯 쏟아졌다.

'언제까지 쉴 건데? 이제 마흔이야. 아직 멈춰 있을 나이는 아니잖아, 애를 키우는 것도 아니고.'

'그렇게 집에 있으면 안 답답해? 나 같으면 미쳐버릴 것 같은데.'

혁은 아무런 여과 없이 거침없이 말을 내뱉고 있었다. 그러는 내내 그의 눈빛은 단 한번도 흔들리지 않았다. 그는 크고 명확한 초점으로 다시 한번 내 눈을 응시했고, 그런 그의 눈빛은 어느 때보다 날카롭게 빛났다. 그와 결혼을 했지만, 그의 눈빛을 마주할 때마다 나는 여전히 적응 중이다.

나는 혁의 말이 머릿속에서 증발되도록 한숨을 크게 쉬며 머리를 헝클었다. 등을 기댄 소파의 윗면에다 무겁게 처진 머리를 갖다대었다. 그러자 등이 구부정해지며 다리가 살짝 벌어졌다. 누구의 시선도 닿지 않을 때에는 나는 종종 이렇게 푹 늘어진 고무인형마냥 소파에 앉는 게 좋았다. 특히나 혁이 집에 없을 때는 늘 그랬다.

내가 며칠 전 회사에 사표를 던지고 나와 집사람이 되었을 때부터 혁은 초조해했고 불안해했다. 마치 취집, 다시 말해 결혼하는 것을 취직처럼 여긴다는 듯이 나를 조롱했다.

"결혼은 시작이지, 끝이 아니야! 승아야."

그때마다 나는 혁에게 당당하게 대답했다.

"혁아! 나는 우리의 새로운 삶을 선택했고, 그렇게 하려고 적극적으로 움직이는 것뿐이야."

"승아야, 넌 너무 극단적이야. 직장생활 하면서도 언제든 아이는 가질 수 있어."

나는 콧방귀를 뀌며 혁의 말을 비꼬았다.

"나 마흔이야. 언제든 아이를 가질 수 있다고 생각해? 그래서 우리가 결국 아이를 가졌어? 나 그동안 일하면서 시험관 하느라 너무 지쳤어. 이번엔 정말 아기가 찾아온 줄 알았다고. 다 내 잘못 같고, 일만 했던 날들이 너무 후회돼."

나는 목이 멨다. 그날의 감정이 울컥 쏟아져버리는 바람에 두 눈이 뜨겁게 달아올랐다. 그걸 아는지 모르는지 혁이는 여전히 내 눈을 한 번도 바라보지 않았다.

"나는 일하면서 아이까지 가지려는 게 꼭 욕심내는 것 같았어. 내 몸은 하나인데 두 가지 일을 하려고 하니까 자꾸만 어긋났던 거라고. 그래서 더는 욕심 부리지 않으려고. 그러니까 혁이 너도 욕심내지 마."

혁은 하고 싶은 말을 애써 참고 삼키는 듯한 표정이었다. 입술을 달싹거렸고 미간을 찌푸렸다. 혁은 논쟁거리가 있을 때마다 한 발짝 뒤로 물러서는 편이었다. 그는 분쟁을 싫어했고, 관계의 원만함을 위해 침묵을 선택하는 편이었다. 그래선지 그와는 연애할 때부터 한번도 크게 다툰 적이 없었다. 그게 다행스런 일이 아니었다는 걸 나는 한참 후에야 알았다. 그 사이 우리 관계는 자꾸만 뒷걸음질치기 일쑤였다. 무엇이든지 부딪혀서 깎이는 것은 희망적인 것이었다.

혁은 두 손을 주머니에 꽂은 채로 등을 내보였다. 그건 나와 더 이상 대화하고 싶지 않다는 신호였다. 나는 뾰족해질 대로 뾰족해진 혁을 조금이라도 누그러트리고 싶었다.

"나 이번엔 너무 힘들었어. 몸도 마음도…."

그렇지만 혁은 끝까지 나를 안아주지 않았다.

나는 한동안 소파를 벗어나지 못했다. 온몸이 중력에 굴복당한 채 널브러졌다. 창밖으로 어수선하게 들리는 경적 소리와 옆에서 울려대는 메신저의 알림음에도 나는 꼼짝도 하지 않았다. 아무도 나를 배려하지 않는 것만 같아 괜한 서러움마저 밀려왔다.

　"나보고 어쩌라고…"

　그렇게나 바라던 결혼생활이, 이제 갓 일 년이 된 신혼생활이 이렇게나 처량할 수가. 나는 지금의 상황을 어떻게든 부정하고 싶었다. 아직 우리에게 아이가 찾아오지 않아서라고, 사랑도 정체기가 있는 것이라고 그렇게 스스로를 위안했다. 그때, 메신저의 알림음이 다시 한번 울렸다. 내가 읽을 때까지 2분 간격으로 계속해서 울릴 작정이었다. 그제야 나는 손을 뻗어 핸드폰을 집어들었다. 암호를 풀었고, 읽지 않은 메시지를 클릭하려던 참이었다. 얼굴 없는 프로필, 왠지 이상한 기분이 들었다. 그럼에도 자꾸만 낯선 메시지로 시선이 갔다. 주춤대는 손가락으로 이상한 메시지를 클릭했다.

　'잘 지내?'

달랑 세 글자가 눈앞에 보이는 순간, 왠지 모르게 가슴이 철렁 내려앉았다. 누굴까? 대체 누가 나한테 익명으로 안부를 물을까?

머릿속으로는 지난 인연들이 하나둘 스쳐갔고, 내심 나의 안부를 궁금해 하는 누군가가 있다는 사실만으로 기분이 살짝 들뜨기 시작했다. 아마도 혁이와의 어긋나는 상황들 때문인지도 몰랐다. 그러는 동안 나는 한참이나 메시지를 썼다가 지웠다를 반복했다. 알 수 없는 누군가에게 보낼 답변을 생각해내느라 한참이나 멍하게 그 자리에 앉아 있었다.

'띵동'

그때 현관에서 벨이 울렸다. 마침 시계를 보았다. 오후 12시. 어제 저녁에 예약해놓은 식자재가 배달되어 온 터였다. 나는 핸드폰을 소파에 내팽개치고 현관문을 열어제꼈다. 배달기사는 그새 엘리베이터를 타고 내려갔는지 종이박스만 문 앞에 덩그러니 놓여 있었다. 나는 한쪽 발로 문을 고정시키면서 상자를 들어올렸다. 생각보다 무게가 있어선지 입 밖으로 힘주는 소리가 저절로 튀어나왔다.

"이렇게나 많이 시켰나?"

낑낑거리며 상자를 들고 주방으로 들어갔다. 양파, 대파, 사과, 당근 등 각종 채소와 유제품, 그리고 스낵과 맥주가 그 안을 가득 채우고 있었다. 냉장고를 열어 하나하나 열을 맞춰 재료 정리를 하다 보니 허기가 졌다.

"뭐 해먹지? 입맛도 없는데…."

나는 대충 계란 한 알을 꺼내 프라이팬에 기름을 두르고 부쳤다. 찬장을 열어 도시락 김 하나를 꺼내고 멸치볶음과 김치를 꺼내 한 상을 차렸다. 젓가락으로 밥알을 하나둘 세듯 입에 넣자마자 소파에서 별안간 벨소리가 울려퍼졌다.

"여보세요."

"너 지금 뭐하니?"

시어머니의 전화였다. 나는 젓가락을 상 위에 떨어트리고 두 손을 맞잡아 핸드폰을 꽉 쥐었다. 말소리가 행여나 퍼질까봐 한 손으로 스피커 주위를 감쌌다.

"저 지금 점심 먹으려고요. 어머님은 점심 드셨어요?"

"그래? 그럼 잘됐다. 여기로 와라. 겉절이랑 오이소박이 좀 담그려고 재료 잔뜩 사다놨는데, 얼른 담고서 같이 점심 먹자."

"네? 지금이요?"

"어제 전화한다는 걸 깜빡했지 뭐니. 그나저나 집에 가만히 있으면 뭐한다니, 일도 안 하는 애가. 택시 타고 얼른 오거라."

"…."

나는 어떠한 동의도 대꾸도 할 수 없었다. 적막이 흐르는 것도 잠시, 어머니가 다시 말을 이었다.

"참! 오면서 양파 서너 개 좀 사와라. 때마침 양파가 다 떨어졌지 뭐니. 얼른 사갖고 빨리 오거라."

어머니는 할 말을 마치자마자 통화를 종료시켰다. 귀를 따갑게 찌르는 통화 종료음 때문인지 나의 표정도 금세 싸늘하게 굳어갔다.

"어머님, 저 왔어요."

내가 신발을 벗고 있는 사이 저쪽에서 시어머니의

음성이 어렴풋하게 들려왔다. 나는 어깨에 멘 하얀 에코백을 바닥에 내려놓았다. 그 속에서 빨간 망에 담긴 양파 꾸러미를 꺼냈다. 내 행동을 다 지켜보고 있는 듯 어머니는 곧장 지시를 내렸다.

"먼저 양파 껍질 까서 씻어놓아라."

"네. 어머니."

나는 개수대에서 양파 껍질을 하나하나 벗겨냈다. 알싸하게 매운 향이 두 눈을 찌르자 고개를 획 돌려 얼굴을 멀찌감치 떨어트렸다. 시어머니는 역시나 나를 감시하는 게 틀림없었다.

"아이고, 그게 뭐가 맵다고. 자고로 양파도 까 버릇해야 안 매운 법이다."

"네…"

어머니는 도마를 꺼내서 씻어놓은 부추를 듬성듬성 썰었다. 나는 옆에서 빨간 고무장갑을 끼고는 그녀의 지시사항대로 로봇처럼 움직였다.

"이제 주걱으로 휘저어라."

어머니의 말이 끝나기가 무섭게 내 팔은 주걱을 들고 재료들 사이를 휘젓고 있었다.

그녀는 씻어놓은 배추까지 내 앞으로 가져다 놓았다.

"배추는 밑동을 자르고, 오이도 세 등분으로 썰거라."

내가 오이를 썰고 있는 사이, 시어머니는 내 앞으로 김치를 담글 양념을 한데 몰아주었다.

"양념을 정성스럽게 묻혀야 깊숙한 맛이 드는 거란다."

고무장갑을 낀 두 팔이 삽시간에 시뻘겋게 달아올라 난장판이 되었다. 그럼에도 그녀의 지시는 계속해서 이어졌다.

"김치 통에 담아라."

양념으로 버무린 오이소박이를 마지막 반찬통에 담고 나서야 너덜너덜해진 빨간 손을 씻어낼 수 있었다. 아무리 씻어도 지워지지 않는 빨간 얼룩은 괴기한 모양으로 내 팔에 듬성듬성 얼룩져 있었다.

시어머니는 내가 가져온 하얀 에코백에 반찬통 두 개를 넣어주었다. 그러면서 당부의 말도 잊지 않았다.

"우리 혁은 겉절이 안 좋아하니까 오이소박이만 두 통 넣었다."

별안간 두 눈이 동그래졌다.

"어머니, 저는 오이소박이보다 겉절이를 더 좋아해요."

"그러니? 그럼 많이 먹고 가."

이 집에서는 오이소박이와 배추겉절이마저 시어머니의 뜻에 따라 분배가 달라졌다. 얼룩덜룩한 내 팔은 그녀의 안중에도 없었다.

택시에 올라타자마자 에코백에서 풍겨오는 김치 냄새가 역하게 올라왔다. 나는 내달리는 차 안에서 창문을 내렸다. 그런 다음 핸드폰을 꺼내서 혁에게 문자를 보냈다. 웬일인지 글자를 누르는 손가락에 힘이 들어가지 않았다. 지금 시댁에 들렀다 가는 길이라고, 어머니의 부름으로 김치를 담갔고, 이제야 돌아가는 길이라고. 당신이 좋아하는 오이소박이를 한가득 품에 안고 있노라고. 그러자 혁이 곧장 답장을 보내왔다.

"엄마표 오이소박이 죽여주지. 벌써부터 군침이 막 도는데?"

그의 답장을 보자마자 마음 한 켠이 싸해졌다. 내가 꼭 오늘 하루치 품삯을 받고 나온 사람이 된 것만 같아서 기분마저 언짢아졌다. 괜한 심술이 나자 나는 곧장 핸드폰을 껐다. '너라면, 이렇게 말하지 않았을 텐데.' 나는 더 이상 그와 어떤 말도 섞고 싶지 않았다.

잠시 눈을 붙인다고 소파에 기댔을 뿐인데, 다시 눈을 떠보니 창가엔 이미 깊은 어둠이 쏟아지고 있었다. 나는 서둘러 몸을 일으켜 시계를 봤다. 오후 8시 20분. 그가 퇴근하고 집에 도착할 때가 훨씬 지난 시각이었다. 마음이 급한 탓인지 손이 빨라지기 시작했다. 곧장 냉장고를 열어 반찬통을 꺼냈고, 사다놓은 고기 몇 점을 꺼내 팬에 굽기 시작했다. 시어머니표 오이소박이도 접시에 듬뿍 덜어 식탁 한가운데에 놓았다. 서둘러 차린 상치고는 제법 훌륭했다. 그때 번호키를 누르는 신호음이 났고 현관문이 활짝 열렸다. 혁의 걸음 탓에 온 집안이 쿵쿵거렸다.

"왔어? 오늘도 수고 많았어. 얼른 저녁 먹자."

손을 씻고 나온 혁은 무거운 몸을 소파 위에 털썩 내동댕이쳤다. 그러더니 머리카락을 헝클며 얼굴을 쓸어내렸다.

"나 오늘 승환이랑 저녁 먹고 왔어."

"뭐야, 저녁상 다 차려놨는데 미리 전화라도 해주지."

"네 전화기 꺼져 있던데?"

"아!"

택시 안에서 전원을 꺼놓고선 그걸 까마득히 잊고 있었다. 그나저나 허겁지겁 차린 저녁상을 보니 한숨이 푹 새어나왔다. 나 혼자 먹기엔 과한 한 상이었다.

"그럼 오늘 담근 오이소박이라도 먹어봐."

"내일 먹을게. 오늘 너무 피곤하다."

혁은 소파에서 간신히 몸을 뗐다. 무거운 몸을 일으키느라 고단하다는 뉘앙스의 신음소리도 냈다. 그러더니 곧장 욕실로 들어가 샤워를 하기 시작했다. 나는 홀로 의자에 앉아 가지런히 놓인 젓가락을 들었다. 어떤 반찬에도 쉽게 손이 가질 않았다. 마침 식탁 아래에 널브러진 하얀 에코백이 시야에 들어왔다. 그 속에 있는 전원이 꺼진 핸드폰을 꺼냈다. 전원을 켜자마자 읽지 않은 메시지가 계속해서 울려댔다. 곧장 메신저를 열었고, 얼굴 없는 프로필이 다시 상단에 떠 있었다.

'잘 지내?'

누군가 같은 메시지를 연달아 보내왔다. 나의 존재를 한번 확인하려는 것인지, 아니면 나의 안부가 진심으로 궁금해서인지 궁금해졌다. 어쨌거나 누가 나의 안부를 궁금해 한다는 게 그리 싫은 일은 아니었다. 오히려 오늘 같은 날, 그런 사람 한 명쯤 있다는 게 새삼 위안으로 다가왔다. 나는 밥 한 숟갈도 뜨지 않고, 핸드폰만 만지작거렸다. 그때, 불현듯 어떤 얼굴이 뇌리를 스치고 지나갔다. 익숙하고도 여전히 변함없는 그 얼굴. '혹시, 너일까?'

나는 몸을 씻고 잠자리에 누웠다. 옆으로는 혁이의 숨소리가 거칠게 사방을 흔들었다. 온몸이 늘어져 미동 한번 없는 그가 오늘따라 야속하기만 했다. 당신의 어머니와 있었던 시간과 감정을 드러내서 조금이라도 위안받고 싶었는데, 그런 내 마음도 모른 채 혁은 코를 골기 바빴다. 나는 대체 뭐하는 사람일까. 결혼을 하고서 다시 나의 정체성을 찾는 꼴이란. 그런 나의 갈구가 못마땅하면서도 스스로 거부할 수가 없었다. 그나저나 요즘 들어 혁이와 대화 한번 제대로 나누질 못했다. 그가 바쁘고 피곤한 까닭도 있었겠지만 무엇보다 나도 말수가 현저히 줄었다. 연애 때처럼 이런저런 이야기를 꺼내려는 의지와 열정도 다 사그라들었다. 그렇다고 애정의 변화는 결코 아닌 것만 같았다. 자꾸만 생각이 꼬리에 꼬리를 물자 어느덧 밤은 진하게 물들어갔다. 홀로 내뱉는 한숨의 농도만 어둠을 따라서 짙어져갈 뿐, 잠은 여전히 내 곁으로 찾아올 생각이 없어 보였다.

헤어드라이어를 작동하는 소리가 귓가에 따갑게 꽂혔다. 뒤척이다 잠들어서인지 겨우 누운 몸을 일으키기가 버거웠다. 무겁기만 한 두 눈을 어렴풋하게 떠보니 혁이가 누워 있던 어질러진 이부자리가 눈에 띄었다. 수면시간이 부족한 탓인지 그의 흔적이 불편해서인지 별안간 두통이 찾아왔다. 그때 혁이가 안방의 욕실에서 나왔다. 누워 있는 나와 눈이 마주친 혁은 알 수 없는 눈빛으로 나를 응시하고는 그 방을 빠져나갔다. 나는 계속 누워 있기가 여간 불편한 게 아니었다. 겨우 몸을 일으켜 주방으로 나가 전등을 켰다. 혁은 셔츠를 차려입으면서 이 방 저 방을 오갔다. 주방으로 건너온 혁이는 냉장고 안으로 얼굴을 들이밀고 있는 나를 향해 말했다.

"그냥 시리얼 먹고 갈 거니까 더 자. 많이 피곤해 보인다."

"어제 잠이 안 와서 뒤척이다가 늦게 잤거든. 그런지 두통이 좀 있네."

혁은 내 말을 듣는 둥 마는 둥 했다. 신경 쓸 만한 거리도 안 된다는 듯 출근할 채비를 하느라 분주했다. 나는 우유와 시리얼을 담은 그릇을 테이블 위에 놓고 다시 안방으로 들어갔다. 곧이어 숟가락이 그릇에 부딪히는 소리, 시리얼이 치아에 부서지는 소리가 연거푸 들리더니 문이 쾅 닫히면서 집 안이 조용해졌다. 적막이 감돌자 나는 서둘러 이불을 머리끝까지 끌어다 덮었다.

"아직도 자?"

잠결에 벨소리가 울렸고, 무심결에 통화 버튼을 눌렀다. 그 바람에 채 잠에서 헤어나지 못한 늘어진 음성이 전화선을 탔던 모양이다. 별안간 혁의 목소리에 잠이 화들짝 달아났다.

"아니, 좀 전에 일어났어."

푹 가라앉아 갈라진 목소리가 여전히 귓등을 울렸다.

"김선배 알지? 올 초에 퇴사하고 스타트업 시작했다는 선배 말야."

혁은 뜬금없는 말을 계속해서 이어갔다.

"김선배 회사에서 이번에 마케팅팀 직원을 채용한다는데 어차피 내가 얘기하면 되니까, 이번 기회에 다시 일해볼래? 네가 기존에 했던 일과 연관돼 있으니까 어려울 것도 없고 말이야. 그리고 승아야, 우리에게 임신이 인생의 목적은 아니잖아. 잘 생각해봐. 기회라고 생각하고 이력서 준비해서 이메일로 보내줘. 나 그럼 일하러 다시 들어가야 되니까 할 얘기 있으면 메신저로 해."

나는 한동안 아무 소리도 나지 않는 전화기를 손에서 놓지도 않고 침대에 멍하니 앉아 있었다. 혁이가 출근하느라 어질러놓은 방바닥이 시야에 들어왔다. 물기 닦은 수건과 핸드폰 충전기, 그리고 뒤집혀진 잠옷이 갈 곳을 잃은 채 흩어져 있었다. 나는 침대에서 일어나 그것들을 하나둘 집어들었다. 축축한 수건은 세

탁기에 넣었고, 핸드폰 충전기는 전선을 돌돌 말아 서 랍장 안에 집어넣었다. 그가 입었던 잠옷은 탈탈 털어 옷걸이에 가지런히 걸어두었다. 어질러져 있던 방 안 이 금세 깔끔해졌다. 나도 이제 저 물건들처럼 제자리 로 돌아가야 할 시간인 것만 같았다.

그때 전화벨 소리가 울렸다.

"큰딸, 이서방은 출근했니?"

"응. 출근했어. 근데 엄마, 무슨 일이야?"

엄마의 음성이 가볍게 떨렸다. 나는 좀 더 가까이 전화기를 귀에 가져다댔다.

"엄마가 이번에 손목을 다치는 바람에 며칠간 일을 못했잖아. 그래서 말인데, 손목 치료 끝날 때까지만 생활비 좀 보태주면 안되겠니?"

나는 어떤 말을 해야 할지 몰랐다. 엄마는 내가 머 뭇거리는 줄 알고 다시 말을 이어나갔다.

"엄마가 그 돈은 꼭 갚을게."

"얼마나 필요한데?"

"이백만 원이면 충분하지 않을까?"

엄마는 말끝을 흐렸다. 그리 적은 액수가 아니란 걸

아는지, 내가 지금 백수라는 사실을 아는 건지도 몰랐다. 회사를 나오면서 퇴직금은 주식에 넣었고, 그나마 들고 있던 현금도 혁이와 생활비를 반씩 나누느라 여윳돈이 부족했다. 사실 지금 내 통장에는 백만 원이 전부였다.

"엄마, 나 얼마 전에 일도 관뒀고, 그렇다고 혁이한테 생활비를 받는 게 아니라서, 당장 그 돈은 못 줘."

"딸! 왜 남편한테 생활비를 안 받아? 이미 결혼했고, 아이 가지려고 네가 회사도 그만둔 마당에. 설마 이서방이 애 못 갖는다고 생활비도 안 주니?"

"그만해, 엄마. 나도 힘들어."

나는 기분이 상할 대로 상해 있었다. 통화를 종료시키자마자 엄마는 다시 전화를 걸었고, 나는 수신을 거부했다. 온갖 생각이 머릿속에 떠올랐다가 흩어졌다. 머리가 지끈거렸다.

오전 11시 40분, 며칠간 혁이와 대화다운 대화도 못 해선지 연애 때 기억도 떠올릴 겸 이력서를 직접 전달하고 싶어졌다. 서둘러 나갈 채비를 하고 투명한 파일을 겨드랑이 사이에 끼었다. 뭔가 일을 하러 나가려는 모습이 마냥 신기하고 어색했다. 기분마저 생기가 돌았다.

혁이의 회사 앞은 사원증을 목에 건 회사원들로 북적였다. 홀로 점심시간에 그를 찾는 건 불가능할 것처럼 보였다. 그럼에도 혁이가 매 점심때마다 들르는 커피숍을 알고 있었고, 나는 깜짝쇼를 위해서 그가 나타나기를 기다리면서 커피 한 잔을 시켰다. 점심시간이 되자 삼삼오오 회사원들이 몰려오기 시작했다. 모두 깔끔하게 다려진 흰 셔츠를 입었고, 구두도 번질번질하게 광이 났다. 어제 저녁 귀찮아서 혁이의 셔츠를 다리지 못하고 옷장에 넣어두었는데, 그 일이 자꾸만 떠올라 연신 미안한 감정이 앞섰다.

그때 저쪽에서 사원증을 건 한 무리가 커피숍 키오스크 앞으로 다가왔다. 그 안에 혁이가 보였다. 나는 자리에서 일어나려던 찰나 잠시만 그 자리에 앉아서 그를 지켜보기로 했다. 말하자면, 그의 일행 앞에서 당당히 인사를 건넬 용기가 없었다.

그들의 무리는 남자 두 명, 여자가 두 명으로 혁이는 그중 블라우스와 치마 정장을 차려입은 어떤 여인과 쉴 새 없이 대화를 하고 있었다. 한눈에 보아도 무척이나 세련돼 보이고 어려 보였다. 거기다 그들은 하나같이 같은 색의 사원증을 걸고 있었다. 그들의 기세가 당당할 만도 했다. 더구나 혁이는 그녀의 눈을 마주치면서 환한 웃음을 자주 내비쳤다. 그녀가 뭐라 하는지 모를 말들을 잘 들어주면서 호응도 대단히 적극적이었다. 오늘 아침 침대에 누워 있던 나를 바라보던 눈빛과는 너무 달랐다. 마치 다른 사람인 듯했다. 마침 주문한 커피가 나왔는지 혁이가 매장 안으로 들어왔다. 나는 의자에서 일어났다. 사뿐히 걸음을 옮기며 그에게 다가갔다. 어깨를 톡톡 쳤더니 혁이 고개를 돌렸다.

"뭐야! 네가 왜 여기 있어?"

나는 혁이의 반가운 인사를 기대했는데, 툭 튀어나온 그의 배려 없는 인사에 당황하고 말았다.

"네 얼굴도 보고 이력서도 전달할 겸 해서 나왔어. 별로 안 반가운 눈치네."

나는 애써 서운함을 누그러트렸다. 따지자면 여긴 그의 직장이다. 그가 당황할 만도 했다. 혁이의 당황스런 행동도 오랜만이었다. 연신 눈을 깜빡이며 입술을 반쯤 벌리고 서 있던 그는 한 손으로 얼굴을 훑더니 조금 전과는 다른 억양으로 애써 차분히 말했다.

"승아야, 네 자리에 가서 기다려. 동기들한테 커피 나눠주고 다시 돌아올게."

"그래. 천천히 와도 돼."

혁은 뒤도 돌아보지 않고 커피 네 잔을 들고 커피숍을 빠져나갔다. 여전히 그의 일행들은 우리의 상황은 알지 못한 채 함박웃음을 지어보이며 끊이지 않는 대화를 이어나갔다. 혁이는 자연스럽게 그들 틈으로 들어가 커피를 나눠주었고 그들과 함께 걸음을 뗐다. 금방 시야에서 사라진 그들, 그리고 내 앞으로는 김이 모락모락 나는 커피 한 잔만 덩그러니 놓여 있었다. 얼마나 시간이 흘렀을까. 커피의 뜨거운 김이 사라질 때까지 혁이는 내가 앉아 있는 자리로 돌아오지 않았다. 부산스러웠던 커피숍이 사람 한 명 오가지 않을 만큼 한적해지고 나서야 저쪽에서 혁이가 느긋이 걸어왔다. 일행들과 행복한 표정을 짓고 있던 좀 전의 혁이와는 참 많이도 달랐다.

혁이는 내 앞에 앉자마자 상기된 표정이었다.

"내가 이메일로 보내라고 했잖아."

"그냥 얼굴 보고 싶어서. 우리 며칠간 마주 보고 같이 밥도 못 먹었잖아."

"알았어. 김선배랑 오늘 저녁 만나기로 했는데, 직접 전달하지 뭐."

"그럼 오늘도 저녁 먹고 늦게 오는 거야?"

"응."

나는 입을 더욱 꾹 닫았다.

"더 할 말은?"

"조금만 더 있다 가면 안 돼?"

"안 돼, 지금 근무시간이야. 업무 시작도 못하고 내려와서 얼른 올라가야 해. 그럼 조심히 들어가."

혁이는 내가 점심을 먹었는지, 배가 고픈지 부른지도 물어봐주지 않았다. 동기들 앞에서 그렇게나 활짝 웃던 표정도 내 앞에서는 한번도 내비치질 않았다. 쫓기는 사람마냥 서둘러 자리를 박차고 나가느라 바빴다. 나는 그의 뒷모습을 절절하게 바라볼 뿐 그를 불러세울 수는 없었다. 멀어져가는 그를 잡기엔 내가 너무 아무것도 아닌 것만 같았다.

집으로 돌아온 나는 대뜸 청소를 하기 시작했다. 뜨거운 햇살 아래 빨래도 널어놓고, 물을 잔뜩 머금은 걸레로 무릎을 꿇고 바닥도 닦았다. 창가 앞에 털썩 주저앉아 맑은 하늘도 바라봤다. 그때, 전화벨이 사정없이 울리기 시작했다.

"여보세요."

"나다. 너 뭐하느라 요즘 안부 전화가 뜸하다니?"

시어머니의 음성이 날카롭게 귀를 찔러댔다.

"그러고 보니 전화를 통 못 드렸네요. 죄송해요."

"죄송할 거면 죄송할 일을 만들지를 말아야지, 원. 나야 그렇다쳐도, 혁이 아버지는 바쁘니까 만나기가 힘들잖니. 그러니까 전화라도 자주 드려라."

"네, 그럴게요."

"참, 요즘 혁이 끼니는 잘 챙겨주고 있는 거니? 어제 보니까 얼굴 살이 확 빠졌던데, 네 신랑 밥 좀 잘 챙겨 먹여. 밥심이 있어야 일도 잘하는 법이다."

"어제 혁이 만나셨어요?"

"몰랐니? 여기서 저녁 먹고 갔는데. 혁이가 네가 해

준 음식은 입에 잘 안 맞나 보더라. 그나저나 넌 그 나이가 되도록… 됐다. 내가 말을 아껴야지."

분노가 치밀어오르는 것도 잠시, 나는 금세 고개를 수그리며 다소곳하게 입을 뗐다.

"앞으로 노력할게요. 어머님."

전화를 끊고서 뭔지 모를 눈물이 턱 끝에서 하나둘 떨어졌다.

그날은 웬일인지 혁이가 퇴근하자마자 곧장 집으로 들어왔다. 오랜만에 저녁식사도 함께했다. 그러나 그는 평소보다 기운 없이 젓가락만 깨작거렸다.

"나한테 할 말 없어?"

테이블 위의 침묵을 깨고 혁이 퉁명하게 내게 물었다.

"할 말? 그런 거 없는데…."

당연하다는 듯 말하는 내게 그가 젓가락을 식탁에 던지듯이 놓았다. 그러더니 알 수 없는 표정으로 나를 응시했다.

"난 네가 결혼하자마자 회사를 관뒀을 때 사실 이해가 안 됐어. 그렇잖아, 어떻게 들어간 회사인데 그렇게 쉽게 사표를 던질 수 있겠느냐고. 그런데 오늘에서야 이해가 되더라."

"갑자기 무슨 말을 하려는 거야?"

그때, 혁이의 선배가 내게 건넸던 말들이 그 탓에 다시금 생각났다. 그날 오전, 나는 혁이의 선배 회사로 찾아가 면접을 보고 나왔다. 그리고 그곳을 빠져나오면서 괜한 발걸음을 했다는 후회가 물밀듯이 밀려왔다.

"음. 승아씨, 조금 더 정확하게 업무에 대해 설명해주실 수 있나요?"

"잠시만요. 승아씨. 마케팅 업무를 해보셨으면 충분히 아실 만한 기초지식인데…"

"승아씨, 혹시 전 직장의 고용 형태 칸을 비워놓으신 이유가 있으신가요?"

"승아씨, 죄송하지만 저희는 지금 당장 투입될 전문적인 퍼포먼스 마케터를 찾고 있습니다만 아무래도 저희가 찾는 분은 아니네요."

내가 오전에 있었던 면접의 장면들을 곱씹느라 아무런 말이 없자 혁은 잔뜩 힘을 준 목소리로 내게 말했다.

"계약직인 거 나한테 왜 숨겼어?"

"뭐?"

목구멍으로 넘어가던 밥알 때문인지 당혹감인지 모를 이유 때문에 나는 순간적으로 기침이 나왔다. 혁이는 아랑곳하지 않았다.

"나한텐 중요한 문제야. 대답해줘."

나는 그제야 목을 가다듬고서 혁의 눈을 바라보며 대답했다.

"그게 이제 와서 뭐가 중요해?"

"적어도 난 나와 비슷한 레벨의 배우자를 만나고 싶었거든."

"잠깐만, 비슷한 레벨이라는 게 대체 뭔데? 내가 계약직이어서 정직원인 너보다 부족하다 이거야?"

혁이 머리를 헝클었다. 나는 벌거벗은 기분 탓에 온몸이 벌겋게 달아올랐다. 그사이 혁이 깊은 한숨을 내쉬었다.

"나도 잘 모르겠어. 이 문제가 왜 이렇게 크게 느껴지는지, 다만 한 가지 확실한 건 너와는 더 이상 평등한 관계를 이루며 살 수 없겠다는 생각이 들어."

"내가 계약직이었다는 이유로? 아니면 내가 더 이상 돈을 벌지 않아서?"

혁이 의자에서 벌떡 일어나며 말했다.

"나도 잘 모르겠다고! 그냥 우리 잠깐 생각할 시간 좀 갖자."

그가 발걸음을 이리저리 옮기며 모자를 쓰고 가방을 들고 나왔다. 그러는 사이 내 손에 들린 젓가락엔 미세한 떨림이 계속되고 있었다. 그가 문을 쾅 닫고 나가자마자 젓가락은 그대로 테이블 위로 낙하했다. 힘이 빠질 대로 빠진 손가락은 내 마음대로 움직여지지도 않았다. 대체 어디서부터 잘못된 것인지 따지다가도 그에 대한 야속한 마음에 어쩔 줄을 몰랐다. 머릿속이 난장판이 된 기분이었다.

손가락에 난 쥐가 풀리자 곧장 안방에 있는 욕실로 들어갔다. 찬장을 열고서 서랍 맨 위쪽 칸으로 손을 뻗었다. 수십 개씩 높다랗게 쌓여 있는 여러 통의 임신

테스트기를 몽땅 바닥으로 끄집어냈다. 쓰레기통을 가져와 그것들을 마구 집어넣었다. 그리고 전화기를 들었다. 연락처의 맨 위에는 '♡혁이'가 있었다. 그에게 용서를 구할까. 그런 생각도 잠시, 내가 뭘 그렇게 잘못을 했는지 재차 생각하자 막무가내인 혁이를 점점 이해할 수가 없었다. 내가 갑을의 관계를 인정하지 않는 이상 앞으로도 그런 용기는 생기지 않을 것만 같았다.

나는 전화기를 들어 메신저를 열었다. 그리고 얼굴 없는 대화창을 열었다. 여전히 '잘 지내?'라는 세 글자가 나를 흔들어댔다. '혹시 너일까?' 다시금 궁금증이 사정없이 밀려왔다. 나는 서둘러 글자를 입력하기 시작했다. 한 글자 한 글자씩 채워 넣는 시간이 자꾸만 달아나듯 긴 여정이었다.

'난 잘 못 지내.'

십 분이 지나도록 나는 입력해놓은 글자를 보내지도 못하고 그대로 멈춰 있었다. 여전히 머릿속으로는 전송과 취소 그 어디쯤에서 길을 잃고 헤매는 중이었다. 그때 열어놓은 창문 틈으로 차가운 바람이 샜다. 늦가을에 부는 바람답게 건조하고도 쌀쌀한 느낌이었다. 그러는 사이, 어느새 내 손가락은 눈 깜짝할 새 전송 버튼을 누르고 있었다. 그렇게 전송된 메시지는 상대방으로부터 한참 동안 읽히지 않고 방황하는 중이었다.

그날 밤, 혁이는 밤 12시가 지나서도 집으로 돌아오지 않았다. 나는 그를 기다리다 자정이 훨씬 넘어서 샤워를 했다. 평소엔 바르지도 않던 향기가 센 바디크림도 온몸에 덕지덕지 발랐다. 내 살갗에서 풍기는 향을 맡고 있으니 기분이 전보다 한결 나아졌다. 잠옷을 걸치고 침대 위로 철퍼덕 누웠다. 혁이가 없는 자리를 침범하면서 팔다리를 옆으로 뻗으니 금세 편안해졌다. 침대 위에 걸린 벽시계의 초침이 째깍째깍 소음을 내자 방 안의 휑한 기운에 스산함이 느껴졌다. 다시 팔다리를 모으고 내가 눕던 자리로 몸을 웅크렸다. 발밑에 돌돌 말려 있는 흰 이불로 머리카락마저 덮었다. 그 순간 전화기에서 메신저 알림이 울렸다.

'혹시 너일까?'

나는 이불을 차내고 바닥에 떨어져 있는 전화기를 잽싸게 들었다. 전화기를 들고 다시 이불 속으로 들어왔다. 심장이 빠르게 뛰었고 가슴 한 켠도 찌릿했다. 오랜만에 느껴보는 두근거림이었다. 화면을 터치하는 손가락에도 잔뜩 힘이 실렸다. 얼굴 없는 프로필의 답장이었다. 심장이 전보다 심하게 두근거렸다. 두 손바닥엔 땀까지 엉글어서 축축했다. 나는 조금 망설이다가 새로 온 메시지를 확인하려고 손가락을 조금씩 움직였다. 예상하던, 기대하던 그 대답이 눈으로 읽히고 있었다.

'나도 그래.'

그로부터 온 답장은 짧지만 강렬했다. 나는 순간 가슴이 덜컹 내려앉았다. 세차게 뛰는 심장 소리가 그쪽에서도 들렸던 것일까. 곧바로 새로운 메시지가 다시 떠올랐다.

'보고 싶었어. 꼬승아.'

나는 그제야 뭔가 알아차린 듯 입가가 벌어졌다. 역시 너구나. 굳이 이름을 밝히지 않아도, 얼굴을 드러내지 않아도 나는 단번에 직감할 수 있었다. 내 이름 고승아를 늘 '꼬승아'라고 불렀던 유일한 사람, 그게 바로 너라는 것을. 나는 느릿하고도 확신에 찬 기운으로 마음을 글자로 치환하여 정성스레 눌렀다.

'네가 너무 그리워.'

나는 메시지를 보내자마자 덮고 있던 이불을 획 걷어챘다. 누워 있던 자리가 더는 춥지도 외롭지도 않았다.

Our Man

\#1.

"거기, 아무도 없어요?"

나는 어떤 영화의 대사와 닮은 말투로 기를 쓰며 소리를 질렀다. 그러나 목청껏 아무리 외쳐대도 내 목소리가 전혀 들리지 않았다. 나는 다시 목을 가다듬었다. 이번엔 아랫배에 힘을 더 주었다. 배가 등에 바짝 달라붙는 기분이었다.

"내 말 안 들려요?"

역시나 이번에도 내 목소리는 들리지 않았다. 목구멍으로 울컥 울음이 치밀어올랐다.

'제발 날 좀 안아줘요.'

나는 애절하게 입을 꾹 다문 채로 마음속으로 외쳤다. 사방이 공허했다. 그사이에 눈앞은 부하게 흐릿했다. 누구도 보이지 않았다. 아니, 볼 수 없었다. 아무도 내게 괜찮다고, 혼자가 아니라고 말해주지 않았다. 나는 절규하며 무릎을 바닥에 찧었다. 꺽꺽 울어 젖히는 외마디소리도 나지 않았다. 두려웠고, 서러웠고, 모든 게 괜찮지가 않았다.

'흑, 흑, 흑.'

감고 있는 두 눈에서 뜨거운 물줄기가 주르륵 흘러내렸다. 축축하고, 가려웠다. 그 순간 두 눈이 가볍게 떠졌다.

'꿈이었구나.'

그때 뺨을 타고 흘러내리는 축축한 뜨거움에 다시 섬찟 놀랐다. 2022년 1월 1일 AM 05:00, 핸드폰 화면을 터치하자 날짜와 시간이 눈부시게 떠올랐다.

부디 새해가 오지 말라고 빌었는데, 이번에도 역시나 내 마음대로 되는 건 하나 없었다. 이제 나에게 한 살 한 살 나이를 먹는 일은 그저 슬프고 처량한, 그 이상 그 이하의 것도 아닌 흔한 사건일 뿐이었다.

나는 그새 식어버린 눈물을 소매춤으로 닦았다. 그리곤 허리를 동그랗게 구부린 채 침대에 앉아서 한동안 움직이지도 않았다. 그때, 십 년 전 기억이 또렷이 떠올랐다. 막 서른 살이 되었던 그날의 비릿한 감정과 오늘은 무척이나 닮아 있었다. 내가 마흔 살이라는 사실은 놀람보다는 경악스러운 일이 분명했다. 서른 살이 인생의 젊음에서 마침표를 찍는 나이였다면, 마흔 살은 인생에서 노화의 시작점이었다.

설마 했던 일은 늘 아무렇지 않게 찾아왔다. 자연스레 마흔 살을 맞이하게 됐으니 이제 강하게 현실을 부정할 차례였다.

"이럴 수 없어. 내가 마흔이라고? 마흔에는 남편도 있고, 아이도 있고, 집도 있고, 명함도 있고, 명품도 많아야 된다고!"

나의 마흔 살은 어떠한 경계도 의무도 책임도 일절 존재하지 않았다. 그러한 분방함이 달갑지도 않았다. 그러자 알 수 없는 불안감에 오금이 저리듯 무서워졌다. 다시 꿈속으로 들어간 기분이었다.

"제발 누가 좀 괜찮다고 말해줘요!" 좀 전의 꿈과 달리 내 목소리가 귓바퀴를 지나 금방 고막에 다다랐다. 그럼에도 어떤 대답도 들리지 않았다.

나는 힘이 빠진 채 어깨가 동그랗게 말리고 등이 구

부정해졌다. 힘없이 두 눈만 껌뻑이며 사방을 둘러봤다. 9평짜리 집안은 고개를 좌우로 꺾지 않아도 한눈에 전부가 담겼다. 단출한 책상과 침대, 그리고 접이식 아일랜드 식탁이 있고, 작은 개수대와 1구짜리 가스레인지도 있었다.

뭐, 진우씨와의 이별로 내 삶이 독립적으로 변해버려서 망정이지, 부모와 함께 살을 비비며 사는 집에서는 9평짜리 그만한 공간조차 꿈도 꿀 수 없는걸. 그래도 나는 그런 현실이 퍽이나 기가 찼다. 불을 켜고 침대에 풀썩 앉았다. 엉덩이를 밀어서 등을 벽 가까이에 붙였다. 벽을 타고 전해오는 냉기가 등줄기를 오싹하게 했다. 그 때문일까. 별안간 두 눈이 다시 맵고 시렸다.

"제길, 이럴 줄 알았으면 열심히 살지 말걸 그랬네."

#2.

그러고 보니 내 명의로 된 집도 하나 없고, 정규직도 아니고, 그렇다고 물려받을 재산이 있는 것도 아니었다. 거기다 지금 막 나는 마흔 살이 됐다.

'나만 이런 거야?' 다시 허공에 외치고 싶었지만, 정답을 알려줄 이가 만무하단 걸 알고 있었다. 누군가의 시선으로는 뜬구름같이 살아온 인생이겠지만 적어도 내겐 이 삶이 최선이었다. 그렇게나 열심히 살았는데 아무것도 아닌 것만 같다니, 그런데도 내가 사는 세상은 이렇게나 후끈하고 고요한걸. 그러니 불혹, 마흔 뭐 이런 개탄스러운 노화를 반겨야지 어쩌겠어. 나는 호들갑 떠는 기분을 애써 달랬다. 그때 동이 텄고, 그녀에게 메시지를 보냈다.

'오늘부터 마흔 ㅠㅠ'

'축하해!'

함께 노화를 맞는 유일한 친구, 영주였다.

'놀리지 마!'

'마흔 된 기분이 어때? 괜찮아?'

놀리듯 말하는 빠른 년생 영주의 말에 괜히 심통이 났다.

'괜찮을 리가 있나.' 나는 영주에게 곧바로 답장을 보냈다.

'어쩌겠어. 나이는 숫자에 불과하다잖아.' 나는 영주의 말에 말줄임표를 넣었다가 지웠다. 과연 그럴까? 나이가 숫자에 불과하다니. 나는 나이가 숫자에 불과하지 않다는 걸 잘 알고 있었다. 이쯤 되니 나이는 삶의 반증을 나타내는 일종의 표식이었다. 무엇을 가졌고, 무엇을 이뤘느냐에 따라 나잇값의 가치가 매겨진다는 사실을 우리는 자연스럽게 인지하고 있었다. 그러나 달리 말하자면 성공을 거머쥐지 않고서는 선뜻 인정하기 두려운 사실이란 것도 알고 있었다. 그래서 나는 영주의 마지막 말을 곰곰이 생각했다. 부정하고 싶은 것을 애써 녹여내려면 어떤 대답이 가장 어울릴까. 그에 대한 찰떡같은 대답, 긍정도 아니고 부정도 아닌 대답.

'ㅍㅍ'

언젠가부터 나는 재밌는 말에는 'ㅋㅋ'를, 슬픈 말에는 'ㅠㅠ'를, 그리고 재밌지도 슬프지도 않은 말에는 으레 'ㅍㅍ'를 사용해왔다. 그것은 입꼬리가 한쪽으로 올라가서 어이없을 때 뱉어내는 풉과 핏의 중간쯤 되는 발음으로, 일종의 나만 아는 기호였다.

어려서부터 나는 마흔 살에 얽힌 기억이 많았다. 마흔 살의 할머니는 암을 발견했고, 마흔 살의 아버지는 직장을 잃었다. 그리고 마흔 살의 엄마는 그때, 이혼을 했다. 아빠가 백수가 된 지 4년 만에 나의 부모는 그렇게 헤어졌다. 가족들은 다들 먹고살기에도 바쁜 하루살이라서 각자의 삶을 지켜내기에도 버거웠다. 그렇다보니 스스로 내 인생을 책임질 수밖에. 그렇게 나홀로 인생을 개척하던 고등학교 시절부터 영주와는 긴 인연을 맺고 있었다.

나는 스무 살이 되고부터 닥치는 대로 일을 했다. 길을 가다가 '알바 구함'이라고 붙어 있던 가게에 무작정 들어가 일을 시작하기도 했고, 빈둥대는 시간이 아쉬워 끝나는 시간에 맞춰 또 다른 일자리를 구했다. 스물둘쯤 나는 다시 수능을 봤다. 무슨 뜻이 있어서 대학을 원한 것도 아니고, 바라는 전공 분야도 딱히 없었다. 내 이력서를 보면서 대학을 나오지 않았다는 사장들의 싸늘한 시선이 못마땅해서였다. 그렇게 유일하게 내 점수를 받아준 사이버대학에 입학금을 냈다. 남들보다 조금 늦은 나이에 시작한 공부는 애를 먹었고, 좋은 학점을 유지하는 건 더 힘들었다. 평균 성적 2.0을 겨우 넘기고 졸업했다. 남들보다 뒤늦게 사회로 뛰어든 늦은 20대에게 취업의 문턱은 천국의 계단 같은 것이었다. 그때부터 나는 반강제적으로 자유 직장을 가졌다. 말이 자유지, 타인의 마음대로 희소되는 일회용품에 지나지 않았다. 부를 때는 곧장 달려갔다가 필요 없을 때는 등을 돌려버리는 사람들 때문에 한동안 적응도 못했다. 그러다가 3년 차가 되니, 프리랜서의 정확한 의미를 알게 됐다. 일이라는 것은 내가 내킬 때 하는 것이 아니라 그들이 손 내밀 때 할 수 있는 것이란 걸. 그때부터 나는 손 내밀고 있는 클라이언트들을 찾아 두 눈을 부릅뜨고 세상을 두리번거리기 시작했다.

그렇다 보니 나의 30대는 먹고 자고 일하는 것 말고는 아무것도 없었다. 그런 내 삶에 비해 주위의 친구들은 격동의 시간을 맞이했다. 누군가는 결혼해서 아이를 낳았고, 헤드헌터의 제안에 이직을 하는가 하면, 자신만의 사업을 시작하기도 했다. 또 그들 중에는 돌싱이 된 이도 있었고, 무작정 꿈을 찾아 이민을 떠나기도 했다. 그야말로 우리 모두에게 30대는 격동과 변화가 난무했던 시간이었다.

그에 비해 나의 30대는 유난히 고요하기만 했다. 인생의 변화를 수도 없이 맞이하던 그들을 지켜보면서 나는 안타깝다는 듯 혀만 내둘렀다. 헤어질 거면서 결혼은 왜 하는 건지, 이직할 거면서 재고 따질 건 뭔지, 왜 그렇게 쓰디쓴 인생을 굳이 선택하는지 이해할 수 없었다. 그렇게 일정하게 직선을 그렸던 30대가 쏜살같이 지나가자 당장 찾아온 40대가 두려워지기 시작했다. 뭐라 형용할 수는 없지만 이 일정했던 직선의 궤도가 이제 끝이란 것을 내심 파악하고 있었던 모양이다. 마흔은 그래서 내게 두려운 나이기만 했다. 억지로 받아들이고 싶지 않아서 더욱 거부했는지도 몰랐다. 그럼에도 마흔이 되는 첫날의 아침은 그 어느 날보다도 청명하게 맑고 밝았다.

#3.

'근데 웬일로 일찍 일어났어? 설마 내 마흔을 진짜로 축하해주고 싶어서 그런 거야?'

영주는 내 말에 기가 차다는 듯이 혀를 차는 이모티콘을 보내왔다. 덧붙여 물어보지도 않은 자신의 중대한 일정을 말했다.

'오늘 우리 집 계약날이잖아. 설레서 잠이 와야 말이지.'

'맞다! 그게 오늘이야? 새해에 내 집이라니?! 대박!'

얼마 전 영주는 내 안부를 묻는 듯하더니 자신의 집 사정을 넌지시 드러냈다. 전세로 살고 있는 아파트의 집주인이 급한 사정으로 매수를 원한다면서 옮겨 다니는 번거로움 때문에 이번 기회에 어쩔 수 없이 매매를 하게 됐다고 말이다. 그럴 것이 영주의 내 집 마련은 결혼하기 전부터 오래도록 고대하던 일이었다. 이제 겨우 결혼 1년 차인데, 영주의 꿈은 예정보다 빨리 이루어졌다.

'너 결혼하기 전부터 귀가 닳도록 말했던 거잖아. 내. 집. 마. 련!'

'그랬어? 내가?'

'네 평생소원이었잖아. 신혼집이 전세라고 술 먹고 펑펑 운 것도 기억 안 나?'

영주는 뜬금없이 과거를 소환했다며 언짢다는 듯이 대꾸했다. 그 순간 메시지에 담지 않을 말이 입 밖으로 툭 튀어나왔다.

"쳇, 남편 능력으로 집 한 채 가진 게 뭐가 대수라고."

결혼을 하고 아이를 낳고, 가정을 꾸린 친구들이 하나둘씩 내 집 마련을 이룰 때마다, 내 처지가 초라해 보이는 것은 사실이었다. 그건 마치 결혼하지 않으면 이뤄지지 않을 것만 같은 마술 같았다.

'너도 거기서 빨리 탈출해.'

아, 그때 영주는 신혼집이 전세라고 펑펑 울다가 문득 나를 보고 울음을 그쳤다. 그녀가 말한 탈출의 의미와 그 울음이 멈췄던 이유가 같은 맥락인 것 같았다.

'이젠 결혼만이 해답인 건가?'

나는 영주에게 애써 답장을 보냈다. 그건 아닐 거라고 마음을 거스르면서 보낸 흔적이었다. 영주는 그런 내 노력은 안중에도 없는 것 같았다.

'내 생각에도 그런 것 같아.'

결혼 전의 영주는 외국에서 일하며 자유분방한 삶을 살았다. 석 달에 한 번씩 남자친구의 얼굴이 바뀌었다. 그때 영주는 다다익선을 표방하며 연애도 그중 하나라고 나에게 가르쳤다. 나는 속으로 수도 없이 그녀를 경시했다. 이제 와서 너의 인생이 나보다 더 괜찮은 인생이었다고 인정하는 거나 다름없지. 나는 끝까지 거부할 작정이었다.

'근데 요즘 만나는 남자 없어? 썸 타는 누구라도?'

'글쎄.'

사실 말이야. 나도 확 마술에 걸려보고 싶다고! 그런데 내 마음을 꿰뚫어보는지 남자들이 한 명도 가까이 다가오질 않아. 나는 글쎄라는 글 뒤로 전하지 못할 말을 속으로 생각했다. 그런데도 영주에게만큼은 지기 싫어서 괜한 자존심을 부리기 시작했다.

'내 인생 바쳐서 고작 집 한 채 얻는 게 결혼이라면 난 사양할래.'

나는 머리를 넘기는 거만한 이모티콘도 함께 보냈다. 그러자 영주가 빛의 속도로 답장했다.

'솔직하게 말해서, 네 인생 다 바쳐도 이제 서울에 있는 집 한 채도 살 수 없는 세상이야.'

#4.

'나도 알아, 안다고!' 그걸 인정하는 내내 정수리가 뜨거워졌다.

가끔씩 사정없이 팩트폭격을 날리는 영주가 얄밉기도 하지만, 그게 또 자극제가 되기도 했다. 그럴 때마다 영주는 눈치껏 주변을 환기시켜줬다.

'웬일이야, 식구들 아침 준비해야겠다! 아침 먹고 얘기해~'

날마다 메시지를 주고받아도 만나면 또 할 이야기가 가득해서 우리의 시간은 항상 모자랐다. 마침 오늘은 내가 마흔이 된 첫날인데 해야 할 말이 얼마나 많겠어. 나는 영주의 메시지를 기다리면서 곯은 배를 채우기로 했다. 그나저나 한 살 한 살 나이를 먹을수록 끼니때마다 허기짐은 왜 그렇게 자주 느끼는지 모르겠다. 마흔이 되어 처음 맞는 허기를 외면하려 했지만, 서둘러 냉장고를 열어야 했다. 그 안으로 맥주, 물, 주스, 요구르트, 우유가 칸칸이 진열되어 있었다. 마땅히 먹을 거라곤 우유에 시리얼뿐, 떡국만큼은 먹지 않겠노라고 단단히 벼르는 중이었다. 떡국으로 시간을 미루는 게 가능하다면 그렇게라도 하고 싶은 절박한 마음이었다. 나는 우유 한 팩을 꺼내자마자 주방의 찬장을 열었다. 그곳에 있을 줄 알았던 먹다 남은 시리얼이 영 보이지 않았다.

곧장 트레이닝복으로 갈아입고 밖으로 나섰다. 모자를 깊이 눌러쓰고 두툼한 검은색 롱패딩도 걸쳤다. 적막한 거리마다 차가운 기운이 코끝에 치였다. 새해 첫날에는 상점도 게으름을 피우며 나이 드는 시간을 벌어볼 참인 듯했다. 나는 곧장 편의점을 향해 빠른 걸음을 내었다. 그때, 편의점 문 앞에서 어깨를 밀어 유리문을 열고 들어가려는 초등학생쯤 되어 보이는 남학생을 보았다. 나는 곧장 닫히려는 문의 손잡이를 건너 잡았다. 뒤를 돌아본 남학생은 고개를 끄덕하며 인사를 건네곤 그 안으로 잽싸게 들어갔다. 문 앞 할인 매대에는 전날에 팔다가 재고로 남은 식품들이 가득 채워져 있었다. 그중에서도 떡국용 떡이 투명한 봉지에 담겨 한가득 놓여 있었다. 살까, 말까. 냉동식품으로 첫 끼니를 때우기엔 홀쩍 마흔 살이 된 나의 몸이 가여워졌다. 이제 마흔은 먹는 것도 대충 먹으면 안 되는 나이인 것만 같았다. 나는 대단한 결심을 한 듯 떡국 떡이 담긴 봉지 하나를 들고 호기롭게 계산대로 향했다. 집에 있는 냉동고 속에 소분해둔 국거리용 소고기가 있다는 걸 상기하면서. 마침 매장을 둘러보던 남학생도 우유와 커피를 들고 내 뒤로 줄을 섰다. 심부름으로 나온 모양이었다. 바코드를 찍은 점원이 내게 말을 걸어왔다.

"애기 엄마, 아이 것도 같이 계산할 거죠?"

나는 깜짝 놀라 눈을 동그랗게 뜨며 고개를 들었다. 점원은 우리 엄마와 비슷한 연령대인 듯 했다.

"저, 애기 엄마 아니에요. 아직 결혼도 안 했다고요!"

"아, 둘이 같이 들어오셔서 모자 사이인 줄 착각했네요. 호호호."

"…"

나는 카드를 내밀고 영수증을 받자마자 잽싸게 몸을 돌려 문을 열었다. 그때 엄마와 비슷해 보이는 점원이 크게 인사를 건넸다.

"새해 복 많이 받아요. 아가씨."

밖으로 나오자마자 얼굴이 울그락불그락했다. 점원의 새해 인사도 전혀 달갑지 않았다. 그러고 보니 마흔은 애기 엄마나 아줌마라는 수식어에 익숙해야 할 나이인 것인가. 그런 생각이 들자 순간 가슴이 무거워지면서 서글퍼지기 시작했다. 나는 영주에게 떨리는 손으로 문자를 눌러 보냈다.

'내가 어딜 봐서 애 엄마고 아줌마야? 내가 그렇게 늙어 보여?'

잠시 후 영주의 답장이 왔다.

'뜬금없이 갑자기 무슨 말이야? 난 그런 수식어 매일 듣고 사는데.'

'너야말로 진짜 애기 엄마고 아줌마니까 기분 나쁘진 않잖아.'

'무슨 소리! 애기 엄마이건 아줌마이건 간에 진짜 내 이름이 아닌데 듣고도 기분 좋을 리가. 보이는 대로

막 불러 젖히는 그런 호칭들, 나도 정말 싫어.'

영주는 당연하게도 그런 호칭들에 익숙해졌거니 생각했다. 그것은 나의 일방적인 판단이었을 뿐이었다. 하기야, 외국에서는 낯선 사람에게 말을 걸 때 애기 엄마든 애기 아빠든 아가씨든 아줌마든지 간에 'excuse me?'로 말문을 열고 시작하지 않던가. 굳이 보이는 대로 스스로 판단해서 사람의 호칭을 정리하지 않는 것이다. 그러니 앞으로 모르는 사람에게 말을 걸 때 적어도 호칭에 앞서 '실례하지만' 이런 식으로 말문을 열어 줬으면. 나는 집으로 돌아가는 여정에서 혼자만의 격동의 시간을 맞이했다. 집으로 들어오자마자 신발장 위로 가볍게 달린 동그란 거울에 맨 얼굴을 비쳤다.

"거봐, 아직 깊게 파인 주름 하나 없고, 자유자재로 움직여도 거뜬하고, 거기다 잘만 꾸미면 30대 초반쯤으로 확실히 보이는데, 가만 보자, 흰머리가 몇 가닥씩 새로 나서 염색은 꼭 해야겠다."

나는 바깥으로 빠져나온 머리를 매만졌다.

'진정됐어? 애기 엄마ㅋㅋㅋ'

영주의 장난인 걸 알면서도 정수리가 또다시 뜨거워

지기 시작했다.

'난 애기 엄마 절대 안 할 거야. 엄마가 안 됐다고 실패한 인생은 아니잖아? 여자로 태어났다고 꼭 엄마가 되어야 하는 건 아니라고!'

'그건 그렇지만 아이를 낳아서 엄마로서의 모성애를 경험하지 못하는 건 안타까운 일인 것 같아.'

잠시 후 나는 집안에 있는 식물과 동물의 사진을 마구 찍었다. 그리고 문자와 함께 방금 찍었던 사진을 함께 전송했다.

'봐, 우리 집에서 건실히 자라는 행운목과 마드리안을. 그리고 우리집 댕댕이한테도 생기는 게 모성애라고. 그게 꼭 사람한테만 얻는 감정은 아니거든!'

#5.

해가 점점 떠오르자 순식간에 피로가 몰려왔다. 껌뻑이는 눈이 무거워서 잠시 눈을 붙이기로 했다. 그렇게 꿈속에서 나는 다시 진우씨를 만났다. 여전히 촉촉

한 눈망울로 나를 바라보고 있는 진우씨, 이번만큼은 그를 외면하지 않을 작정이었다. 그는 늘 바빴고, 나는 늘 여유가 넘쳤지. 그게 못마땅해서 한번도 진우씨의 눈을 똑바로 바라보지 않았는데, 지금은 꿈이니까 굳이 그래야 할 이유가 없었다. 나는 단단히 벼른 것처럼 찬찬히 그의 눈을 바라봤다. 쌍꺼풀 진 큰 눈에 눈동자마저 맑고 고와서 처음 내가 그의 눈에 빠져서 이성을 잃고 그의 품에 안겼던 옛날이 떠올랐다. 그리고 그는 여전히 나를 바라보며 서 있었다. 내가 이리저리 시선을 돌려도 그의 눈빛은 한결같았다. 너무 절절해서 어디에서건 그를 단번에 알아볼 수 있었다. 마치 우리의 시간처럼 꿈에서도 그랬다. 우리는 여전히 돌고 돌아 다시 제자리로 돌아왔고, 서로를 마주하고 있었다.

'보고 싶었어.'

그가 말했다. 아니다, 내가 말했던가. 누구랄 것도 없이 나는 진우씨를 와락 끌어안았다. 당신만큼은 잊고 산 줄 알았는데, 맘처럼 잊을 수 없었던 지난날들이 떠올라 외로운 눈물이 왈칵 쏟아졌다. 두 뺨이 축축하게 젖어 질척거렸다. 그때, 젖어버린 눈가 위로 뜨거운 햇살이 얄밉게도 쏟아졌다.

'꿈이었구나.'

깨고 싶지 않은 꿈에서 깨었더니 속상하고 허탈한 기분만 가득했다.

'왜 대답이 없는 거야?'

문득 영주가 나를 찾는 것 같았다.

'낮잠 잤거든. 그런데 무슨 일 있어?'

'우리 남편이 아기 데리고 좀 전에 시댁에 갔어.'

'왜? 혹시 부부싸움 한 건 아니지?'

'아니, 내가 많이 지쳐 보인다고, 혼자만의 시간을 가지래. 이렇게 착한 남편 봤니?'

'그래. 부럽다 정말.'

'근데 요즘 유명세 때문인지 시댁으로 불청객이 많이 찾아오나봐. 큰일이야.'

'정말? 정신 나간 사람들 같으니라고!'

나는 순간 참을 수 없는 감정에 휩싸이고 말았다. 영주는 오히려 나를 안심시켰다.

'그런데 미지야. 혼자만의 시간이 익숙하지 않아서

그런가. 그들이 없으니까 점점 외로운 기분이 드는 건 왜 일까. 넌 그걸 어떻게 버텨?' 영주가 말했다.

'버티는 게 아니라 네 말처럼 익숙해지는 것뿐이야.'

영주는 조금 뜸을 들인 뒤에야 내게 조심스럽게 말했다.

'이젠 그 익숙함 좀 버리고, 전 남친에 대한 미련도 좀 버리고, 새로운 사랑을 시작해보는 건 어때?'

나는 더 이상 답하지 않았다. 뭐라 해야 좋을지도 몰랐다. 어떻게든 내 대답이 영주에게 가시가 될까봐 그게 싫었다. 대신 마음속으로 조용히 속삭였다.

'이제는 얼추 남자를 만나면 말투, 외모, 눈빛, 표정, 신발 하나까지도 그 사람의 성격이 어떤지 다 보여. 물론 그들도 나를 볼 때 그럴 테지. 그래서 함부로 누군가를 만나지 못하겠어. 내가 아직 미완성이라서, 이걸 누군가에게 들켜 버릴까봐.'

나는 끝내 보내지 못할 말을 되뇌며 창가를 기웃거렸다. 해가 중천에 떠서 뜨겁게 작열하고 있었다.

'그나저나 썸 타는 남자도 없어?'

영주는 기어코 나의 사생활을 추궁할 심산이었다.

나는 간신히 숨을 들이켰다.

'그래도 30대에 남자를 만나면, 이 남자랑 키스하면 어떤 기분일까? 품에 안기면 어떤 향기가 날까? 뭐 이런 상상도 여러 번 했더랬지. 그런데 이제는 그런 생각은 별로 안 들어. 그보다 이 남자와는 무엇이 안 맞을까. 어떤 게 부딪히게 될까. 그렇게 되면 내가 얼만큼 나 자신을 포기할 수 있을까. 정말 재밌는 건 내 삶이 힘들어지면 안 되는데… 벌써부터 나부터 걱정하게 돼. 그러니 연애를 하겠어?'

#6.

간만의 낮잠 탓인지는 몰라도 몸이 찌뿌둥해서 기지개를 켰다. 뱃가죽이 쭉 늘어나는 사이, 배에서 허기진 신호가 급하게 울렸다. 아침에 사 가지고 온 식탁 위의 떡국 떡 봉지가 보이자 다시 뱃고동이 세차게 울려댔고, 급히 찾아온 허기에 어쩔 줄을 몰랐다. 냉장고를 열어서 다시 팩 하나를 서둘러 꺼냈다. 냄비에 물을 가득 담아 가스레인지 위에 올렸다. 보글보글 끓어오르는 물방울이 머릿속 잡념처럼 생겼다가 사라졌다. 나는 손에 쥔 떡 봉지를 뜯어 냄비 안에다 떡을 몽땅 부었다. 그러자 물이 보글거리는 소리도, 냄비 안을 휘젓고 다니던 다시 팩의 진동도 순식간에 사라졌다. 'mute'의 상태가 주방에 도달한 순간, 창가 쪽에서 어떤 여자의 다급한 비명이 들려왔다.

"도둑이야!"

나는 순간 깜짝 놀라서 두 손으로 입을 포갰다. 그때 마침 물이 보글보글 끓어올랐고, 순식간에 하얀 거품이 일어 넘쳐흐르기 시작했다. 나는 덜덜 떨리는 손으로 가스레인지를 껐다. 넘쳐흐른 하얀 국물이 너저분하게 흘러서 이내 바닥으로 뚝뚝 떨어졌다. 어느 집인지 동향을 파악하려고 창가로 달려가 문을 빼꼼 열었다. 고개를 빼꼼 내밀자 밖에서 사이렌 소리가 점점 크게 번졌다. 우리 집 천장에는 누가 망치질을 하는 것처럼 여기저기서 쿵쿵댔고, 한동안 분주하게 소음이 일었다.

2시가 조금 넘어서야 위층의 발자국 소리는 더 이상

들리지 않았다. 사방은 아무 일도 없었다는 듯 고요해졌다. 뉴스에서 긴 연휴 때마다 혼자 사는 집을 노리는 도둑을 조심하라더니, 설마 내가 사는 윗집이 그런 일을 당할 줄이야. 한 층 아래에 살고 있다는 안도감에 겨우 가슴을 쓸어내렸다.

나는 겨우 진정을 하고서 식어버린 떡국을 식탁 위에 올렸다. 퉁퉁 불은 떡을 수저로 퍼서 입안에 넣었다. 그때, 다시 메시지가 울렸다.

'새해 복 많이 받아요. 미지씨. 건강하죠?'

윤숙씨였다. 너무 오랜만이라 어색하기까지 했다. 그럴 것이 내가 1년 계약직으로 일했을 때, 정규직의 윤숙씨를 만났고, 우리는 같은 공간에서 작업을 했다. 나이도 같아서 자주 점심을 함께했고, 퇴근 후에는 종종 술자리도 가졌다.

'오랜만이에요. 윤숙씨도 새해 복 많이 받아요. 회사는 여전하고요?'

'그럼요. 김 팀장님도 박 과장님도 여전해요. 저는 드디어 대리를 벗어났고요.ㅎㅎ'

'와, 이젠 정 과장님이세요? 축하해요.'

'글쎄요. 이게 축하받을 일인지는 잘 모르겠어요. 회사 상황도 그렇고, 더는 올라갈 데가 없어 보이거든요. 짐 싸고 내려갈 일만 남은 거예요.'

그녀는 묻지 않았는데도, 신세 한탄을 계속했다.

'전 요즘 젊은 후배들한테 치이고 능구렁이한테 눌려 사느라 숨 쉴 곳이 없어요. 특히나 요즘 애들은 우리 때랑 너무 달라요. 내 라인에 합류했으면 3차선으로 달리면 될 것을, 깜빡이도 안 켜고 내 앞으로 마구 추월하는 거 있죠. 난 끼어드는 차가 제일 싫어. 욕을 한바탕 퍼붓고 싶은 심정이에요.ㅜㅜ'

윤숙씨도 나와 같이 마흔의 첫날을 보내고 있는 심정이 심란한 듯했다.

'그새 제 입이 좀 걸걸해졌죠? 성질도 괴팍해졌어요.'

나는 윤숙씨에게 무언의 동질감을 느꼈다. 그럴 것이 그때에도 그녀와 말이 잘 통했다. 적정한 거리를 유지하면서 너무 가깝지도, 그렇다고 너무 멀지도 않게 서로가 서로를 위로했다. 그래선지 친한 친구에게도 말 못 한 비밀을 윤숙씨와는 공유했다. 오늘도 어느새 우리가 벌써 마흔 살이라면서 한탄을 늘어놓았다가도 겨우 마흔 살이라며 서로를 위로했다.

'우리 참 많이 닮았어요. 원하는 것도 비슷하고.'

그녀의 생각에 나는 고개를 끄덕였다. 그리고 잔인하게도 그녀의 기억은 여전히 과거형이기도 했다.

'참, 진우씨는요?'

'그걸 어떻게 기억해요?'

'우리 오빠랑 이름이 같아서.'

그녀에게서 진우씨의 이름을 듣는 순간 목구멍이 확 달아올랐다. 심장이 세차게 뛰고, 손바닥에는 땀이 흥건히 맺히기 시작했다. 나는 문장을 썼다가 지웠다가를 반복했다. 도통 어떻게 설명해야 할지 몰랐다. 핸드폰을 잠시 바닥에 놓고 물 한 잔을 벌컥 들이켰다.

'헤어졌어요. 마흔 살에 솔로, 꽤 멋지지 않나요?'

윤숙씨는 한동안 답이 없었다. 다짜고짜 무안한 질문을 해서 죄책감이라도 드는 모양인지 아니면 같은 솔로의 대열에 들어선 환영사를 준비하고 있는 것인지. 십 분이 훌쩍 지나고서야 윤숙씨가 다시 메시지를 보냈다.

'미지씨, 저 오늘 그 사람 봤어요.'

'정말요? 어디서요?'

'우리 집 엘리베이터 안에서요.'

나는 아무 말도 할 수 없었다.

'갓난아기를 안고 있길래 반가워서 엄마를 꼭 빼닮은 것 같다고 했어요. 그런데 많이 당황하시더라고요.'

'아… 그럴 만도요.'

그녀와 함께 회사 생활을 했을 때, 퇴근하면 곧장 술집으로 향하는 게 다반사였다. 내가 술에 취할 때마다 진우씨는 술집 앞으로 데리러 오곤 했다. 윤숙씨는 인사불성이던 나를 인계하면서 몇 번이나 진우씨와 인사를 나눴던 모양이다. 더구나 그녀는 우리의 사이, 그러니까 진우씨의 얼굴을 아는 유일한 지인이기도 했다. 그리고 그때 내 기억은 여전하게도 선명히 남아 있었다.

#7.

'미지씨. 저 이사했어요. 우리 집에 놀러 와요.'

'그래요? 우리 언제 볼까요?'

윤숙씨는 생각해볼 겨를도 없이 곧바로 답장을 보냈다.

'지금이요.'

나도 윤숙씨가 보고 싶었다. 회사원이던 시절, 우리의 생기 어린 모습을 회상하고 싶어졌다. 더욱이 그 시절의 사랑의 파편들도 되찾고 싶었다. 어쩌면 다시 그를 마주할 수 있을 것 같은 희망에 괜스레 마음도 흔들렸다. 자꾸만 가슴이 아릿해졌다.

1년 전, 진우씨와 헤어지자마자 그와의 사진을 모두 정리했다. 정리하려고 한 건 아닌데 때에 맞춰 핸드폰을 잃어버렸다. 정확하게는 십 년이나 들고 다녀서 해질 대로 해져버린 구릿빛 가죽 가방을 통째로 잃어버려서였다. 무엇보다 핸드폰 안에 모아놓은 우리의 사진들을 다시는 볼 수 없다는 사실이 원통했다.

심지어 나는 대낮에 커피를 마시다가 그 가방을 잃어버렸다. 잠깐 화장실에 간 사이였는데 마침 그 자리엔 일행도 있었다. 그러고 보니 그때 그 자리에 윤숙씨가 있었다. 자신이 지켜주지 못했다는 죄책감에 어찌나 미안해하던지, 그때의 안쓰럽던 윤숙씨의 표정이 기억났다. 그게 1년 전, 그와 이별했던 즈음이었다. 그때 나는 윤숙씨에게 그와의 이별을 언급하지 않았다. 어쨌거나 그녀와 만났던 날, 원치 않게 그와의 기억을 모조리 도둑맞은 것만 같아서 한동안 억울해서 잠을 이룰 수도 없었다.

택시를 타고 20여 분 거리에 윤숙씨가 사는 아파트가 있었다. 그 집으로 향해 올라가는 엘리베이터 안에서 어찌나 심장이 콩닥거리던지 입술이 바짝바짝 탔다. 그러거나 말거나 나는 아무렇지 않은 듯 그녀를 마주했다.

"이게 얼마만이에요. 정말 반가워요."

그녀와 반갑게 인사를 나누고 포옹을 했다. 언뜻 보기에도 그녀의 집은 꽤나 큰 평수였다.

"혼자 살기엔 집이 너무 크지 않아요?"

"전혀 그렇지 않아요."

윤숙씨는 이내 말끝을 흐렸다. 집이 넓어선지 가구가 들어차 있어도 휑해 보일 정도였다. 윤숙씨는 이사온 지 얼마 안 돼서 집 정리를 못했다고 부끄러워했다. 그럴 것이 활짝 열린 방마다 그녀의 잡동사니들이

탑처럼 즐비하게 쌓여 있었다. 나는 윤숙씨의 뒤를 따르며 복도를 걸었고, 방들을 힐끗거렸다.

그때, 어느 방을 스쳐 지나가다가 낯이 익은 구릿빛 가방에 시선이 꽂혔다. 잃어버렸던 내 가방의 색감과 비슷해서였을까. 작은방 안의 그렇게 많은 잡동사니 중에서 유독 그 가방이 눈에 띌 게 뭐람. 윤숙씨가 코너를 돌아 주방으로 들어가는 사이 나는 뒤꿈치를 들어 작은방 안으로 살짝 방향을 틀었다. 그렇게까지 몰래 움직일 이유는 없었지만 왠지 정리되지 않은 방을 구경하겠다고 해서 허락해주지는 않을 것 같았다. 지금 이 순간 눈에 띄는 것만 자세히 확인해보고 나올 심산이었다. 그때, 윤숙씨가 다급히 외쳤다.

"뭐해. 미지씨? 빨리 이쪽으로 안 오고."

"가, 가요. 집이 정말 넓네요."

그녀에게 가닿을 의미 없는 웃음만 공허하게 울려 퍼졌다. 나는 빠른 걸음으로 윤숙씨가 있는 주방으로 움직였다.

윤숙씨는 와인을 따르고 있었다. 나는 자리에 앉아 곧장 잔을 부딪쳤다. 우리의 입술이 점점 붉게 물들어가고 있었다.

"미지씨 집은 어디야?"

그녀는 술만 마시면 말을 놓곤 했는데 지금도 여전히 그랬다.

"여기서 가까워요. 바로 옆동네에요."

"그렇구나. 전에 키우던 댕댕이 정말 귀여웠는데."

윤숙씨가 눈을 찡긋거리며 손바닥을 마주쳤다. 그러고 나서 와인잔을 빙 돌리며 새초롬하게 말했다.

"가까우니까 자주 놀러 와."

우리는 여러 번 와인잔을 부딪쳤다. 이런저런 얘기를 나누다 잔을 부딪칠 때면 어떤 스파크도 일었다.

"그런데 여기에서 회사 다니려면 멀겠어요."

내 말에 그녀는 고개를 좌우로 흔들었다.

"그런 건 별 상관없어. 우리 오빠만 옆에 있으면 되니까."

집이 꽤나 마음에 들었나. 그녀에게서 무언의 확신과 간절함이 느껴졌다. 그러고 보니 몇 년 전에도 윤숙씨는 '우리 오빠'를 자주 언급하곤 했다. 오빠를 끔찍이 아끼는 동생의 사랑이 대단해 보일 정도였다.

"친오빠가 윤숙씨를 잘 챙겨주나 봐요."

"친오빠 아니야. 그냥 맹목적으로 순수하게 내가 정말 사랑하는 오빠야." 윤숙씨의 양 볼이 불그스름하게 변했다. 그때 갑자기 뱃속에서 요란한 소음이 들리자 윤숙씨가 호탕하게 웃으면서 말했다.

"미지씨, 배고프구나?"

"하루 종일 떡국 좀 먹은 게 다라서."

"그럼 라면 끓여줄까?"

"좋아요."

나는 어떻게든 허기진 배를 채워야 했다. 윤숙씨는 그런 나를 눈치 챘는지 서둘러 라면을 끓이기 시작했다. 라면이 보글거리는 사이 그녀가 분주하게 움직이기 시작했다. 그녀는 주방 집기들이 질서 없이 모여 있는 서랍 안을 헤집고 또 헤집더니 결국은 거실 바닥을 손가락으로 가리켰다.

"미지씨, 뜨거운 냄비를 올려야 해서 거기 아무 책이나 한 권 가져다줘."

거실의 책장은 텅텅 비어 있었고, 책들은 그 아래 바닥에 널브러져 있었다. 한눈에 어림잡아도 족히 백 권은 훨씬 넘어 보였다. 그러고 보니 그녀는 회사를 함께 다닐 때에도 대단한 독서광이었다. 가방 안에 늘 책 한 권씩 들어 있었고, 짬이 날 때마다 책을 읽어 내려 갔다. 나는 그중에서 빨리 손에 닿는 책 한 권을 집어 뺐다. 서로 뒤엉켜져 있는 탓에 꼭 제비뽑기를 하는 것만 같았다. 손에 닿은 책을 잽싸게 잡아서 식탁 위로 가져와 올렸다. 그녀가 그 위로 재빨리 냄비를 내려놓았다.

"빨리 먹어, 라면 붇겠다."

나는 허겁지겁 라면을 건져올렸다. 칼칼하게 매운맛이 먹을수록 식욕을 자극했다.

순식간에 라면을 먹은 나는 냄비를 치우려고 자리에서 일어섰다. 그녀가 손사래를 치며 잡고 있던 냄비를 빼앗아갔다.

"아휴, 손님한테 일을 시킬 수는 없지."

나는 식탁을 정리하려고 냄비를 받치고 있던 책을 집어들었다. 그 순간 흠칫 놀라 두 눈이 동그래졌다. 다름 아닌 그 책은 진우씨의 첫 번째 저서, 『봄의 사랑』이었다. 나는 설거지를 하는 그녀 뒤에서 아무렇지 않게 조용히 책장을 넘겼다. 책을 펼치자마자 익숙한 글씨체가 눈에 띄었다.

'윤숙, 우린 늘 누군가의 전부. 진우로부터.'

그 순간 머릿속에 안개가 낀 것처럼 어떤 생각도 들지 않았다. 도저히 연결되지 않는 기억들만 수증기처럼 떠올랐다 사라졌다. 왜 그녀의 이름이 진우씨의 필체로 기록되어 있는 걸까. 내가 소장하고 있는 진우씨의 두 번째 저서에 쓰인 그 문장과 왜 그렇게 닮아 있을까. 어쩌면 그것은 숱한 독자에게 전하는 작가의 의례적인 메시지일 수도 있는데, 내가 너무 의미를 부여하고 있는지도 몰랐다.

그동안 나는 진우씨를 기억하고 싶을 때마다 그의 필체가 새겨진 책을 꺼내곤 했다. 그 책 『여름의 사랑』은 우리가 서로 사랑했던 시절에 그가 낸 두 번째 저서였다. 그것을 펼쳐볼 때마다 그와 사랑했던 시절이 주마등처럼 떠올라 눈가가 뜨거워지곤 했다.

그러고 보니 얼마 전에, 나는 그의 세 번째 신간 『가을의 사랑』을 구매해 책꽂이에 나란히 꽂았다. 그리울 때마다 진우씨의 책에 시선을 주면 적잖이 의지가 되곤 했다. 마침 뒤돌아 설거지를 하던 윤숙씨가 말했다.

"미지씨, 이제 배가 좀 불러?"

"네. 덕분에 든든하네요."

내 대답이 끝나기가 무섭게 그녀가 말했다.

"미지씨는 배고픈 거 못 참는구나. 이젠 배고픔도 좀 즐겨보는 거 어때? 아무거나 먹지 말고."

나는 어떤 말도 하지 못했다. 그런데도 윤숙씨는 아랑곳하지 않고 계속해서 말을 이어나갔다.

"있잖아, 난 꼭 먹고 싶은 것만 먹어. 그래서 배고픔의 순간도 잘 즐기는 편이고. 배고프다고 아무거나 먹어봤자 내 허기를 달래주지 않더라고."

나는 그런 윤숙씨와 달라도 너무나 달랐다.

"난 너무 허기질 땐 헛것도 보이고, 의욕도 없어지던데."

막 설거지를 마친 윤숙씨가 성큼 내 앞으로 다가왔다.

"미지씨, 지금은 배부르니까 헛것도 안 보이고 이제 괜찮은 거지?"

그러더니 윤숙씨는 나의 한쪽 팔을 잡아끌어 자리에서 일으켜 세웠다.

"우리 진우씨도 마음속에서 접은 거 맞고?"

"그, 그럼. 헤어졌으니까…." 그런데 진우씨 이름 앞에 '우리'는 뭐람.

내가 머뭇거리는 사이 윤숙씨는 서둘러 작별인사를 건넸다. 나는 작은방 안의 익숙한 색깔의 무엇에다 다시 눈길을 줄 틈도 없이 그녀의 손에 이끌려 나왔다. 곧바로 현관문이 열렸고, 나는 그 틈으로 밀려나듯 빠져나왔다. 엘리베이터의 버튼을 누르고 홀로 기다리고 있던 찰나, 다시 배에서 꼬르륵 소리가 났다. 마침 그녀의 옆집에서는 갓난아기의 우렁찬 울음소리가 울려퍼지고 있었다.

#8.

나는 자꾸만 윤숙씨가 신경이 쓰였다. 택시를 타고 가는 내내 뭔지 모르게 기분마저 찜찜했다.

'대체 왜 내가 사랑했던 진우씨를 그녀가 기억하고 있느냐고!'

2년 전, 야밤의 술집 앞에서 마주한 게 전부가 아니라면, 서로의 얼굴을 기억할 만도 했다. 그러나 윤숙씨와 진우씨 두 사람은 야밤의 술집 앞에서 잠깐 스치며 마주한 게 전부였을 것이다. 그런 그녀가 진우씨의 이름과 얼굴까지도 기억하는 게 나로선 도저히 이해가 되지 않았다. 왜 나는 운명의 장난처럼 우연이라도 진우씨와 마주치지 못했을까. 그런 생각이 들자 그녀에게 잔뜩 약이 올랐다. 메시지 창을 열고 그녀를 소환했다.

'윤숙씨. 오늘 초대해줘서 고마워요.'

그녀에게 조금 더 솔직해지기로 했다. 얼굴을 마주보고 있지 않아서 외려 용기가 났다.

'혹시 그 사람, 잘 지내 보이던가요?'

잠시 후 메시지가 도착했다는 신호음이 울렸다. 윤숙씨가 어떤 대답을 해줄지 잔뜩 기대를 걸고서 핸드폰을 들었다. 그녀가 보내올 답장에 조마조마했다. 그런 마음도 잠시, 여전히 혼자만의 시간을 즐기지 못하고 있는 영주가 불현듯 생각났다. 부대끼는 집안에서 홀로 익숙하지 않은 시간을 겨우 보내고 있을 그녀를 생각하니 짠한 마음도 들었다.

'내가 뭘 원하고, 뭘 하고 싶은지를 도통 모르겠어. 어쩌면 좋지?'

가끔씩 영주가 배부른 투정을 할 때마다 나로선 이해되지 않을 때가 많았다. 아내로서 엄마로서 힘듦을 토로해도 공감이 되지 않았다. 그녀의 말을 삼키는 내내 괜한 심술도 나곤 했다. 나의 처지를 딛고 일어서려는 얄팍한 심산은 아닐지 그녀를 의심한 적도 여러 번이었다. 그럴 것이 그녀의 힘듦은 나에겐 사치와 같은 영역이었다. 내가 원하는 걸 다 가진 영주에게 일종의 시샘 같은 게 느껴지는 건 당연했다.

'영주야, 혼자만의 시간은 그것만으로도 완벽해. 그러니까 애쓰지 말고 그저 마음 편히 즐겨.' 나는 어린 애를 달래듯 영주를 달랬다. 영주는 곧장 느낌표 몇 개를 다닥다닥 붙여서 답장으로 보내왔다. 이어서 나는 그 시간을 함께 나눴던 윤숙씨를 넌지시 도마 위로 꺼내 얘기해볼 참이었다. 얽혀 있는 마음을 당장 누군

가에게 풀어내야만 했다. 그런 영주는 날 훔쳐보기라
도 하는 듯했다.

'너 설마 그 남자 아직도 잊지 못한 거야?'

영주는 당연히 내 마음을 모를 테다. 그러고 보니
그녀와 나의 사랑의 방식은 하늘과 땅만큼 달랐다. 영
주가 기습적이고 불같은 사랑을 좇을 때, 나는 잔잔히
스며드는 사랑을 좇았다. 그러한 탓에 메신저로만 나
눴던 나의 연애사가 그녀에겐 한없이 가벼웠을지도 몰
랐다.

분명한 건 나의 과거가 더 이상 영주의 기쁨이 아니
라는 사실이었다. 진우씨와 내가 한 집에서 꿈꿨던 우
리만의 미래, 같은 공간에서 영혼까지 부대꼈던 시간
들은 결코 영주의 기쁨은 아니었다. 비록 사랑은 끊어
졌어도 서로가 깊이 연결되어 있다는 것을 영주는 알
수 없겠지만, 그는 알고 있을 것이다. 나는 얼마 전 그
의 신간에서 그의 마음을 단번에 확인했다.

'우린 누군가의 전부였다가, 또 다른 누군가의 전부
가 된다.'

총알 같던 택시가 금세 집 앞에 멈췄다. 나는 택시에

서 내려 집으로 올라가는 엘리베이터를 탔다. 9층에 내려 긴 복도를 걷다가 문득 어느 문이 열릴 때까지는 매일 이렇게 메마른 고독이 이어질 것만 같았다. 쓸쓸하기도 삭막하기도 한 마음에 걸음을 멈추어 서서 긴 복도를 깊은 한숨으로 날려보냈다. 나는 다시 한발 한발 익숙한 공간 안으로 느릿느릿 움직였다. 스스로 문을 열었고, 헤어나올 수 없는 공기가 나를 엄습했다. 그 순간 해가 뉘엿뉘엿 지고 있는지 방안이 온통 노을빛이었다. 좀처럼 현실적이지 않은 기막힌 풍경이었다.

#9.

썰물처럼 모든 게 떠내려가는 듯했다. 머리 위에서 뿜어져 나오는 세찬 물줄기 탓에 쌓였던 먼지와 잡념들이 한꺼번에 하수구로 흘러내려갔다. 공간을 메우는 뿌연 수증기가 한치 앞도 보이지 않는 내 인생처럼 짙어져갔다. 그럼에도 나는 한껏 고양돼 있었다. 잠시후 머리에 수건을 돌돌 말고서 욕실에서 빠져나와 커튼을 열었다. 창가에 기대 금세 어둑어둑해진 하늘을 올려봤다. 사방이 초저녁의 어스름으로 폭삭 뒤덮였다. 그러고 보니 이맘때쯤 진우씨가 결혼했는데⋯ 이윽고 두 눈을 사정없이 문질렀다.

그가 결혼하는 식장에서 나는 양측으로 나뉜 가운데 우두커니 서 있었다. 그가 버진로드에 입장하자마자 다시 뒤를 돌아 그곳을 빠져나왔다. 나도 모르게 두 눈에서 눈물이 흘러내리고 있었다. 행여 누군가에게 들킬세라 어쩌지 못하는 마음을 부여잡고, 자꾸만 뒤를 돌아 그가 떠나는 마지막 모습을 눈에 담았다.

그때는 마침 진우씨의 세 번째 책이 유례없는 베스트셀러가 된 탓에 그의 결혼은 언론에서도 자주 비쳤다. 그래선지 결혼식장을 가득 메운 건 다름 아닌 진우씨의 여성 팬들이었다. 급작스러운 그의 결혼 소식에 팬들 또한 패닉에 빠져 한동안 헤어나오지 못한 듯했다. 그의 결혼식이 끝나고 얼마 후, 나는 영주로부터 그날의 사진을 전달받았다. 사진 속에는 우아하고 아름다웠던 신부 옆으로, 예복을 입은 진우씨가 팔짱을 끼고 서 있었다.

영주는 오랫동안 외국에서 미술 공부를 했다. 그리고 1년 전쯤 귀국했다. 한국살이에 적응한 지 얼마 지나지 않아 임신을 했다는 소식을 전했고, 나는 숱한 연애에 종점을 찍은 그녀를 의아하게 여겼다.

영주가 볼록 솟아난 배를 이끌고 내게 청첩장을 내민 어렴풋하기만 한 그날, 내겐 너무 뜻밖의 일이라 어떤 말도 건넬 수 없었다. 그녀의 임신과 결혼은 나의 모든 걸 한순간에 멈추게 한 일생일대의 사건이기도 했다. 그럼에도 임신한 그녀에게 내 감정을 들키지 않으려고, 애써 울음을 삼키고 또 삼켰다. 누군들 상상이나 했을까. 내가 사랑했던 남자와 가장 친했던 친구가 갑자기 결혼을 한다니.

두 사람은 어느 모임에서 서로가 서로에게 첫눈에 반했다고 했다. 겨우 한 달 만에 불같이 타올랐던 사랑은 임신으로 결실을 맺었고, 그들은 서둘러 결혼 날짜도 잡았다. 결혼 소식이 외부에 발표된 날, 영주는 한동안 진우씨의 팬들로부터 악플을 받으며 힘들어했다. 나는 그런 영주를 지켜보면서 그저 진우씨의 아내로서 견뎌내야 할 몫이라고 애써 위로했다.

그때, 멍하니 바라보고 있던 창가의 유리창으로 빗방울이 하나둘씩 떨어졌다. 맙소사. 겨울비까지 내리는 마흔 살의 밤이라니, 낭만적이기도 했고 한편으론 울적한 기분마저 들었다. 이쯤 되면 윤숙씨로부터 답장이 와 있을 것 같아서 침대 위에 놓인 핸드폰을 잽싸게 집어들었다. 윤숙씨의 메시지는 어디에도 없었다.

'우리 남편, 오늘 집에 안 온대! 시댁에서 자고 오려나봐.'

'말도 안 돼! 진우씨가 오늘 집에 안 들어온다고?'

나는 얼떨결에 그를 향한 진심을 내비치고 말았다.

영주의 반응 따위는 안중에도 없었다. 오롯이 진우씨만 생각했다. 그럴 것이 자꾸만 시야에서 윤숙씨가 나타났다가 사라졌다. 심장이 쪼그라드는 기분이었다.

'너무 불안하단 말이야.'

아뿔싸, 나는 답장을 보내자마자 탄식의 비명을 질렀다. 그러나 다행히도 영주는 내 심정을 제대로 파악하지 못한 눈치였다.

'그나저나 시댁으로 자꾸 진우씨의 불청객이 찾아오나봐. 그들은 자신의 고집스런 사랑이 독이란 걸 모르

나봐.'

영주가 다시 메시지를 보냈다.

'어쨌거나 다시 집필도 시작했는데, 신경 쓰일 일만 생기지 않았으면 좋겠어.'

'진우씨가 다시 글 쓰기로 했다고? 이번엔 어떤 책이야? 제목은 뭐고?'

'나도 몰라. 아마도 이전 책이 가을의 사랑이었으니까 이번엔 겨울의 사랑 아닐까?'

이번 진우씨의 책은 누구와의 사랑으로 채워지게 될까. 진우씨의 새로운 사랑일까? 아니면 익숙한 사랑일까? 그의 새로운 책이 마구 궁금해지기 시작했다. 그 순간 윤숙씨의 오늘 밤이 궁금해서 미칠 것만 같았다.

'띠링'

그때, 그렇게나 기다렸던 윤숙씨의 답장이 드디어 왔다.

#10.

'미지씨. 대체 누굴 말하는 거야?'

눈치 빠른 윤숙씨의 의외의 대답이었다. 나는 손가락이 보이지 않을 만큼 빠른 속도로 자음과 모음을 눌렀다.

'전에 함께 술 마실 때마다 데리러 와줬던 전 남친, 진우씨요.'

윤숙씨의 대화창은 다시 잠잠해졌다. 대체 무슨 말을 하려고 이렇게 시간을 끄는 건지 답답하기만 했다. 십 분쯤 흘렀을까. 윤숙씨로부터 다시 메시지가 왔다.

'내가 미지씨 전 남친을 어떻게 알아. 한번 본 적도 없는데!'

나는 윤숙씨의 기억이 한참이나 잘못되었다는 걸 감지했다. 그게 아니면, 이제 와서 그를 모르는 척해보려는 걸까.

'오늘 엘리베이터에서 만났다던 그 사람, 진우씨 말이에요!'

내가 답장을 보내자마자, 윤숙씨는 계속해서 'ㅎ'만 여러 번 보냈다. 꼭 비웃음 같아 보였다.

'미지씨, 지금 배고파? 얼른 뭐라도 먹어야 할 것 같은데? 우리 오빠가 미지씨 전 남친이라는 말이야?'

그녀는 그 말끝에 다시 'ㅎ'만 가득 채워 메시지를 보냈다. 나는 그 웃음의 의미가 무엇이냐고 그녀에게 따져 물었다.

'미지씨가 술 먹고 인사불성 될 때마다 내가 매번 자기 집까지 끌고 올라갔던 거 기억 안 나? 903호! 문 열자마자 꼬리 치는 댕댕이도 있었잖아!'

그렇게 그녀는 자신의 기억을 피력하려고 느낌표를 여러 번 보내왔다. 그럼에도 나는 그녀를 믿을 수 없었다. 무엇보다 나와 진우씨가 함께했던 시간을 모르는 체하는 그녀가 야속했다. 계속해서 그녀는 아랑곳하지 않고 나를 혼란에 빠트릴 작정이었다.

'그 사진을 보기 전까지는 나도 깜빡 속았지 뭐야. 그 진우씨가 우리 진우씨라는 걸 누가 상상이나 했을까.'

그러더니 윤숙씨는 우리 오빠를 만나러 가야겠다면서 메시지를 보내왔고, 나는 당장 통화 버튼을 눌렀다. 여러 번 전화를 걸어보았지만 한번도 연결되지 않았다. 순간 불안하고 찜찜한 감정에 휩싸이고 말았다.

나는 두 발을 종종거리며 손톱도 물어뜯었다. 영주에게 전화를 걸어볼까도 했지만 행여나 괜한 의심을 살까 망설여졌다. 지금 진우씨의 안부를 묻는 척 영주에게 묻는 것 말곤 다른 방법이 없어 보였다.

'우리 남편 지금 시댁에 있겠지. 참, 이번 책 제목은 『다시, 봄』이래. 어때? 제목 좋지?'

다시, 봄이라니. 윤숙씨의 집에 있던 그의 첫 번째 저서인 『봄의 사랑』편에 진우씨의 필체가 분명히 적혀 있었다. 나는 곧장 불길한 기운에 휩싸였다. 나와는 여름의 사랑을, 영주와는 가을의 사랑이었다면, 다시 봄의 사랑은 분명 윤숙씨가 될 거라고 확신했다.

나는 무작정 택시를 타고 다시 윤숙씨의 집으로 향했다. 좀 전에 자주 놀러 오라는 그녀의 인사말이 생각나 실소가 터져 나왔다.

그녀의 집은 웬일인지 현관문이 활짝 열려 있었고, 안팎으로 찬바람도 드나들고 있었다. 나는 무겁게 발을 이끌고 현관으로 들어갔다. 아까는 보이지 않았던 어떤 남자의 신발 한 켤레도 그 앞에 놓여 있었다.

설마 진우씨의 신발은 아닐 거야. 나는 능숙하게 그

녀의 집 안으로 두 발을 디뎠다. 복도를 따라서 거실 안으로 들어가니 그곳엔 두 사람이 마주 보며 서 있었다. 역시나 나의 예상은 적중했다. 그 중에 한 사람은 윤숙씨였고, 또 한 사람은 바로 진우씨였다. 그가 차갑게 우두커니 그녀 앞에 서 있었다. 여전히 시선을 사로잡을 만큼 빛이 나는 그였다. 살짝 쌍꺼풀이 진 적당히 큰 눈과 잡티 하나 없는 뽀얀 피부, 거기다 큰 키에 걸 맞는 넓은 어깨도 멋져 보였다. 나는 진우씨를 보자마자 심장이 뛰고, 머릿속이 새하얗게 변했다. 그곳을 찾아온 이유조차 까마득하게 잊고 있었다. 그저 진우씨와 이렇게 한 공간에서 서로의 눈을 바라보고 있다는 사실만으로도 꿈속에 있는 듯했다.

나는 오로지 진우씨만 바라보면서 조심스럽게 한 발을 뗐다. 그에게 서서히 다가가자 나를 향한 그의 온 시선에 어쩔 줄을 몰랐다. 그의 뜨거운 눈빛이 내 안의 오감과 신경을 사정없이 조여왔다. 갑자기 세찬 숨이 가쁘게 몰아쳤다. 숨을 크게 들이마셨다가 내쉬는 간격이 내 의지와는 상관없이 점점 짧아졌다. 헉, 헉. 숨구멍이 실처럼 가늘어지는 느낌이었다. 그 순간 나는 헐떡이면서 왼쪽 가슴을 부여잡았다. 등을 동그랗게 말면서 바닥에 주저앉았다. 그러는 동안에도 두 눈엔 온통 진우씨만 보였다. 진우씨의 흔들리는 눈빛이 내게로 가까워지더니 갑자기 깜깜한 어둠이 눈앞에 드리워지고 말았다.

나는 까만 시공간 속에서 여러 번 진우씨를 불렀다. 그의 대답은 더 이상 들리지 않았다. 다시 목청을 가다듬고 더 크게 소리쳤다.

"내 말 안 들려요? 제발 날 좀 안아줘요!" 그때 멀리서 사람의 형체가 나타났다. 언뜻 보아도 진우씨의 체구와 상당히 비슷했다. 멀리서 그가 내게로 달려왔고, 나는 기뻐할 새도 없이 번쩍 정신이 들었다. 순식간에 비추는 작열하는 불빛으로 두 눈이 찡그러졌다. 여전히 한 치 앞도 보이지 않았다. 그 순간 저음의 남자 목소리가 들려왔다. 서러움이 복받쳐 올라왔다. 두 눈에 아른거리는 흐릿한 실루엣도 애써 걷어냈다. 그동안 보고 싶었다고, 내 생각은 한 번도 하지 않았냐고 그의 두 눈을 보며 확인하고 싶었다.

"미지씨. 제 말 들려요?"

"이제 들려요. 아주 잘 들려요."

흐릿했던 시야가 점점 초점을 찾아가고 있었다. 그때 그가 다시 나를 불렀다.

"미지씨, 그럼 지금부터 제가 하는 말 잘 들어요."

"그럼요. 물론이죠."

그의 당부에 배시시 미소가 지어졌다.

"정윤숙씨 아시죠? 윤숙씨가 제출한 미지씨의 핸드폰에서 이진우 작가의 사생활을 몰래 촬영한 사진이 발견됐어요. 상대방 동의 없는 신체 사진 등 확인된 것만 해도 2천 장이 넘던데요."

나는 그제야 두 눈의 초점이 정확히 맞춰졌다. 눈앞에 있는 것은 진우씨가 아니라 처음 본 낯선 남자였다. 그런 그는 도저히 이해되지 않는 말만 늘어놓았다.

"때문에 이진우씨께서 사생팬들의 명단을 확보해서 스토킹 신고를 하셨고요. 특히 미지씨의 핸드폰에 있는 사진들은 스토킹 혐의를 입증하는 증거물이 된 상태예요."

"…"

"미지씨 병원 기록을 보니 1년 전에 해리 장애 진단

을 받으셨던데, 그동안 약은 꾸준히 복용하셨나요?"

그의 질문에 나는 고개를 이리저리 흔들었다. 그때 윤숙씨의 집에서 보았던 눈에 익은 가방의 정체를 그제야 확신했다. 그가 자꾸만 나를 재촉했다.

"이제 그만 일어나세요. 저와 함께 경찰서로 가시죠."

나는 벌떡 일어나 앉았다. 입가에 경련이 났고, 목이 뻣뻣해졌다.

"그 여자, 지금 어디에 있어요?"

나는 그를 따라나섰고, 그곳에는 윤숙씨가 있었다. 그녀는 거만하게 팔짱을 낀 채 미동 한번 없이 앉아 있었다. 그가 나를 윤숙씨 옆으로 안내했다. 당장이라도 그녀의 머리카락을 쥐어뜯고 싶었지만 그곳은 경찰서였다. 낯설고 삭막했고, 묵직한 무게감마저 느껴졌다. 나는 사뿐히 몸을 구부리며 의자에 앉았다. 그 앞으로는 책상 하나가 있었고, 그가 우리를 마주보며 자판을 두들기기 시작했다.

"제 앞에 앉아 계신 두 분은 이진우씨의 사생팬이라는 사실을 인정하시나요? 특히 전미지씨! 진우씨 아내분의 SNS계정으로 결혼식 전부터 일방적인 메시지를

상당히 보냈던데요. 아내분도 지금 정신적 피해를 호
소하고 있는 상태세요. 그럼 지금부터 제가 묻는 말에
바로 대답하세요. 정윤숙씨, 전미지씨! 두 분 나이가
어떻게 되시죠?"

그의 말이 끝나자마자 우리는 누구 할 것 없이 동시
에 대답했다.

"마흔 살이요."

Tunnel House

서울의 주택난이 심각해진 상황에서 기어코 정부는 가외산동에 집을 지었다. 숨쉬기도 빽빽한 그곳에 하나둘 집이 지어지자 어느새 가외산동은 사람이 살 만한 공간으로 탈바꿈됐다. 제법 멋들어진 이름도 지어졌다.

서울 가외산동 '터널 하우스', 그곳은 긴 어둠이 끝나지 않는, 길고도 긴 시간이 묶여 있는 공간이었다. 그곳에 살면서 끝없는 어둠을 제치는 방법이라곤 오롯이 가고 계속 가는 것 말곤 없었다. 가다가 포기해버리면 결국 터널의 어둠은 곧장 사람을 제쳐버릴 테니까. 터널 하우스에서는 평범한 삶도 그야말로 잔인한 레이스였다.

땅 밑도 모자라 산 속의 터널까지 침투한 사람들의 주거 공간은 끝도 없이 뻗어갔다. 마치 그 욕망으로 지구의 가장자리까지 뚫어볼 기세로다가. 기어코 산을 뚫어 집어삼킨 집의 형태는 터널을 오가는 운전자들의 시선을 한 몸에 받았다. 경적을 울리거나 한눈을 파는 운전자들로 인해 터널이 정체가 되는 일은 부지기수였다. 대문을 열자마자 한가운데 도로가 나 있는 터널 하우스는 날마다 자동차의 경적 소리와 매연의 매캐한 냄새를 품고 살았다. 그럼에도 그곳은 하나뿐인 소중한 우리 집이었다.

'우리에게 생존권을 달라!'

터널 하우스 입구에 붙여진 현수막은 20가구도 채 안 되는 입주민들의 외로운 외침이기도 했다. 도로의 한 차선만 남기고 양쪽으로 마주 보는, 스무 채도 안 되게 세워진 집들은 몇 해 전 서울에서 찾아볼 수 없는 매매가로 분양되기도 했다. 그곳은 획기적인 주거 공간이라는 캐치프레이즈를 필두로 내세워 저소득층의 발돋움을 지원해보겠다는 정부의 야심찬 계획 구역이기도 했다. 그러나 그것은 횃불의 모습을 띤 작은 성냥불일 뿐이었다. 터널의 폐쇄를 시행하기도 전에 집이 지어졌고, 터널을 대신할 대체 도로가 신설된다는 정부의 계획도 무산됐다. 터널 하우스는 말 그대로 터널로도 집으로도, 어쩔 수 없이 두 가지 기능을 다 하는 공간이 돼야만 했다. 그렇게 터널 하우스를 분양 받은 사람들은 혹독한 매일을 견디고 또 견뎠다. 그럼 에도 서울 안에 내 집이 있다는 건 이들에게 실로 엄 청난 위안과 만족을 주었다. 그게 터널 안의 집일지라 도 말이다. 때문에 나는 성장기 시절을 터널 하우스에 서 보냈다. 그곳엔 빛이 존재하지 않아서 날마다 어둠 을 먹고 살아야만 했다.

아버지는 치매 걸린 노인네라고 했지만, 내가 볼 때 할머니는 치매에 걸린 것 같지 않았다. 내가 일곱 살이 던 그해, 기억나는 거라곤(어느 순간부터인가 일곱 살 이 전의 기억들은 증발해버리고 없었다) 할머니가 짐꾸러미를 들고 터널 하우스를 향해 올라오는 모습이었다.

할머니는 산을 따라 난 계단을 한참이나 더딘 속도 로 올라왔다. 나는 그런 할머니를 물끄러미 터널 입구

아래에서 내려다보았다. 꼭 개미가 돌을 타듯이 할머니는 한없이 작아 보였고 힘도 없어서 자주 휘청거렸다. 할머니가 가쁜 숨을 들이키며 고지로 들어오는 순간 나는 천연덕스럽게 그 앞으로 다가가 꾸벅 인사를 했다. 한동안 아무런 대답도 들리지 않았다. 할머니는 두 무릎을 자신의 주먹 쥔 손으로 두들겼고, 그제야 고개를 들어 나의 눈을 가만히 응시했다.

"네가 성희냐?"

"할머니, 전 연지인데요."

할머니의 눈은 녹내장이 심해서 가까이에 있는 사물도 잘 분간하질 못했다. 그런 할머니의 눈동자는 여린 회색빛이 축축이 돌아서 볼 때마다 낯설었다. 그사이 할머니는 나를 알아본 듯 웃는 것인지 아니면 슬픈 것이지 모를 도통 알 수 없는 표정을 지었다. 생뚱하게 서 있는 내게 할머니가 다시 입을 뗐다.

"다 잃었다더만, 지 이름은 잘도 기억하네, 어쨌거나 연지야, 네가 앞으로 잘 해야 된다. 알겠제?"

"제가 뭘요?"

할머니는 내게 더 이상 아무런 말을 하지 않았다.

할머니는 다시 몇 걸음 옮기더니 불빛을 처량하게 토해내는 노란 가로등 옆으로 멈춰섰다. 그곳엔 앙상하게 뼈대만 남은 나무들이 줄지어 서 있었다. 쌀쌀한 기운이 감도는 계절의 나무들은 볼품없이 메말라 있었다. 할머니는 그런 나무가 뭐가 그리 신기한지 눈길을 옮겨가며 들여다보았다. 나는 할머니를 재촉하며 말했다.

"할머니, 저 추워요." 그러자 할머니는 나를 향해 가까이 오라는 손짓을 했다. 나는 세 걸음 정도 떨어진 거리를 무겁게 신발을 끌면서 가까이 갔다. 할머니는 손가락으로 길고 앙상한 나무를 가리켰다. 나는 할머니의 손가락을 따라 고개를 들어올렸다. 칙칙하고 보잘것없는 평범한 나무였다. 할머니는 두 눈을 꼿꼿하게 나무를 응시한 채 말했다.

"여기 좀 봐라. 어쩜 늙는 것도 사람과 이리 똑같을까나." 그러고 보니 희끗하게 빛바랜 색, 회색 같기도 하고 흰색 같기도 한, 노인의 백발 같은 색과 닮은 나무는 그런 색깔이었다. 마치 내가 색얼음을 쪽쪽 빨아서 단물이 사라진 그런 희끗함이었다.

"할머니, 이 나무 죽었나봐요." 그러는 사이 할머니가 대답했다.

"죽은 게 아니여. 얘들도 지금 버티는 중이여. 버티고 견뎌야 또다시 봄을 맞이할 수 있을 테니까는"

나는 앞서 걸어가는 할머니의 뒷모습을 지켜보았다. 그 나무처럼 쓸쓸하고 앙상해 보이기까지 했다. 새 계절이 오면 다시 생기를 얻어 싹을 틔우는 나무처럼 할머니도 다만 새로운 계절을 바라는 중이었을 테다. 내가 꿈꾸듯 할머니에게도 그런 희망 하나쯤은 있었을 거라고.

집에 들어온 그날부터 할머니는 등을 보인 채 작은방 구석에 쪼그려 앉아 있기만 했다. 할머니는 엄마가 식사를 차려놓으면 꼭 처음 본 사람처럼 엄마를 향해 정중히 인사를 한 다음에야 수저를 들었다. 나는 종종 그런 할머니의 행동을 따라하곤 했다. 할머니는 자주 엄마를 경계했고, 엄마는 그런 할머니를 대수롭지 않게 여겼다. 사나흘이 지나서야 할머니의 고개는 좌우로 돌아갔다. 나는 작은방 문 앞에서 종이인형을 가지고 놀았고, 할머니는 그런 내게 눈길을 주곤 했다. 눈이 마주치기라도 하면 할머니는 곧장 오른팔을 들어 조용히 손짓했다. 방 안으로 들어오라는 것 같았다.

"왜요, 할머니?"

내가 큰소리로 곧장 말하면 할머니는 당장 손을 내리고 고개를 다시 획 돌렸다. 어찌나 빠른지 할머니의 하얗게 센 머리카락이 흐트러질 정도였다.

얼마 지나지 않아 할머니는 다시 고개를 돌려 나를 응시했고, 내가 낌새를 알아차리자 할머니는 다시 오른손을 올려 손가락을 안으로 오므렸다.

'이쪽으로 오거라.'

할머니가 내게 말하는 듯 했다. 이번에는 반항적인 대답을 하지 않기로 했다.

나는 종이인형을 들고 앉아 있던 자리에서 일어났다. 집 밖으로 쌩쌩 달리는 타이어의 마찰음이 쉴 새 없이 퍼졌다. 할머니가 앉아 있는 방으로 천천히 발걸음을 떼자 할머니는 다시 고개를 돌려 등을 내보였다.

내가 자리에 앉자마자 할머니가 오른손가락으로 바닥을 톡톡 내리쳤다. 거기 앉지 말고 이쪽으로 와서 앉으라는 표시 같았다. 나는 다시 일어나 할머니의 손

가락이 튕겨진 바닥에 철퍼덕 앉았다. 할머니는 그제
야 내 손을 자신의 두 손으로 움켜쥐었다.

"할미는 다 기억해. 치매 아니여."

"정말요? 그럼 이제 아버지도 기억나요?"

할머니가 잠시 멈칫하더니 이내 고개를 끄덕였다. 할
머니는 이상하리만치 모두를 까맣게 잊은 건 아니었
다. 분명 누구는 기억을 했고, 또 누구는 기억하지 못
했다. 아니, 기억하지 못한 게 아니라 기억하지 않으려
고 작정한 듯 보였다. 마치 어린 나처럼. 그런 할머니는
한참 동안이나 뜸을 들이고서야 나지막이 입을 뗐다.

"불쌍한 내 아들."

할머니는 손바닥으로 두 눈을 쓸어내렸다. 하나뿐
인 아들이었던 아버지를 할머니는 이상하리만치 기억
하지 못했다. 내가 다시 종이인형을 들고 어루만지고
있을 때 할머니는 다시 내 손을 붙들었다.

"연지야, 딴 사람은 몰라도 너는 네 아빠 이해해주고
품어주거라."

할머니는 다시 찡그린 두 눈을 손바닥으로 쓸어내렸
다. 나는 그런 할머니의 손을 조심스럽게 잡았다.

"할머니, 울지 마요."

그렇게 할머니의 서글픔은 1년이 지나고서야 연기처럼 사라졌다. 거뭇거뭇한 검버섯이 잔뜩 끼어 있던 할머니의 손이 하얗게 서린 전날까지도 할머니는 밤새 가슴을 치며 중얼거렸다.

'가엾고 어리석은 제 아들을 용서하소서.'

날마다 입을 꽉 다문 채 미동도 거의 없던 할머니가 조용히 눈을 감은 다음 날부터 아버지는 여기저기 전화를 걸어 알아들을 수 없는 말만 계속 반복했다.

"우리 어머니 어제 가셨어. 호상이지, 뭐."

아버지가 집을 나간 지도 벌써 한 달이 다 되었다. 기억하기 싫지만 기억날 수밖에 없는 날, 그날은 5월 5일이었다. 아버지는 어린이날에 짐을 꾸려서 집을 나갔다. 그는 가족 모두가 지켜보고 있는데도 혼자 마냥 신나서 짐을 꾸렸다. 빨간 날이라고 잔뜩 기대에 부푼 어린 동생보다도 아버지가 더 기대에 부푼 듯했다. 심지어 콧노래도 흥얼거렸다.

"아버지, 어디 가요?"

그는 부르던 콧노래를 멈추지 않았다. 나는 조금 더 큰 소리로 다시 물었다.

"아버지, 어디 가는데요?"

그는 하얀색 가방 속을 뒤적이다가 나를 흘겨보았다.

"넌 참 궁금한 것도 많구나."

나는 어리둥절한 표정을 지으며 다시 질문했다.

"혼자 여행 가시게요?"

그는 내 말이 끝나기가 무섭게 손에 들고 있던 체크 무늬 팬티를 바닥에 내동댕이쳤다. 그 손을 허리춤에 올리고서 다른 한 손으로 삿대질을 하기 시작했다. 손가락은 나를 향해 있었고, 시선은 내 뒤에서 설거지를 하던 엄마에게로 향했다.

"이놈의 집구석은 사방이 내 감시자야. 내가 집을 나가든 말든 사사건건 왜 그리 참견이야. 짜증나게."

어느 누구도 아버지의 말에 대꾸하지 않았다. 몇 달 전부터 집에서 얼굴 보기가 힘든 그였어도 간간이 얼굴이라도 비춘 탓에 안부라도 알고 지낸 터였다. 이제는 아예 아버지의 얼굴조차 보지 못한다고 생각하니 설명할 수 없는 허전함이 살 끝마다 바짝 돋아났다. 아버지 없는 우리 집, 사실 달라질 것 하나 없지만 그래도 진짜 없는 것과 없는 것처럼 하고 사는 것하고는 체감조차 달랐다. 나는 금세 시무룩해졌다. 그러는 동안 어깨가 자꾸만 밑으로 쳐졌다. 아버지는 나의 아쉬움 따위는 우스꽝스러운지 노래를 흥얼거리기 시작했다.

"음, 흐음음, 그대 없이 살아보길 잘했던 거죠. 얼마만큼 그대를 원하는지 알았으니까… 으으음. 으으음."

나는 자리를 박차고 일어나 작은방으로 들어갔다. 대신 방문은 닫지 않았다. 열린 문틈으로 아버지의 노랫소리가 꾸역꾸역 들어왔다. 나는 끝까지 그의 마지막 모습을 지켜보기로 했다. 애초에 부녀간의 정 따위는 사라진 지 오래였다. 차라리 없는 듯 있는 것보다는 아예 없는 편이 나을지도 몰랐다. 적어도 내 생각엔 그랬다. 그러나 엄마는 다른 마음인 것 같았다.

엄마가 설거지를 하려고 고무장갑을 끼고 있을 때부터 나는 알았다. 싱크대에는 처음부터 그릇이 하나도 없다는 것을. 고무장갑만 끼고 두 손을 싱크대에 내놓고서 가만히 제자리에 서 있는 엄마를 나는 진작부터 알아차렸다. 엄마는 그가 짐을 싸는 동안에 미동 한 번 없이 서 있었다.

아버지는 흰색 정장 바지를 차려입고 머리에 한껏 힘을 주고 있었다. 여전히 콧소리를 내면서 김연지의 '우리 다시 만나요' 노래를 흥얼거렸고, 온 집안을 자신의 놀이터쯤으로 여기는 듯 했다. 물기 닦은 수건은 바닥에 휙 던져놓고는 발에 차이는 물건들은 죄다 자신의 발끝으로 댕강 차고 다녔다. 바닥에서 경망스럽게 뒹구는 집안 물건들이 그의 발끝에 밀려 하찮게 밀려났다. 그런 물건들 중에는 나의 다이어리도 있었다. 소망과 희망이 손글씨로 잔뜩 채워진 자물쇠 달린 분홍색 다이어리였다. 분홍색이 더럽혀질까 두려워 투명한 포장지로 곱게 표지를 싼 나의 열일곱 살 다이어리는 아버지의 발길질로 내동댕이쳐져 냉장고 밑으로 처량하게 자취를 감추고 말았다.

그럼에도 나는 냉큼 냉장고 앞으로 달려가지 않았다. 그 대신 아버지가 시야에서 사라지는 것을 기다리기로 했다. 그가 있는 공간으로 한 발짝 내딛기가 끔찍이도 싫었다. 그 사이 그는 하얀색 가방의 손잡이를 움켜쥐고는 현관에 서서 검은색 가죽 신발을 닦았다. 바지춤을 추슬러올리면서 발을 내딛었다. 한 발, 두 발, 그때 '끼익' 도로를 달리는 타이어의 마찰음이 성가시게 들려왔다. 현관문을 잡고선 그가 대뜸 뒤를 돌아봤다. 그의 시선 아래에 펼쳐진 우리들을 쭉 둘러보는 듯했다. 그리곤 입가에 냉소가 뒤섞인 미소가 번져 있었다.

"성희 엄마, 우리 같이 살면서 강산이 바뀌었어. 이제 제법 질릴 때도 됐잖아. 원래 사람 마음이란 게 돌고 도는 그런 거니까 원망 말고. 참, 그리고 연지는…"

아버지가 내 이름을 언급하자마자 엄마가 쏜살같이 말을 가로챘다.

"그만하세요! 애가 무슨 죄라고. 원망 같은 거 안 할 테니까 혼자 가던 길 가세요."

엄마의 말이 끝나기도 전에 반짝하게 닦인 아버지의 검정 구두는 재빨리 사라졌다. 시야에서 그가 사라진 후에도 나는 채 닫히지 않은 현관문을 하염없이 바라봤다. 시끄러운 타이어 마찰음과 공간을 쩌렁하게 울리는 바람 가르는 소리가 귀에 거슬렸다. 나는 고개를 돌려 엄마를 바라보았다. 여전히 고무장갑을 끼고는 망연자실한 모습이었다. 매연 냄새가 사정없이 밀려들자 현관문을 닫으려고 자리에서 일어났다. 아버지의 발끝으로 가벼이 밀려난 물건들을 지나치면서 왠지 모를 야속함이 뭉글뭉글 피어났다. 냉장고 밑으로 내동댕이쳐진 분홍색 다이어리를 찾으려고 몸도 구부정하게 굽혀보았다. 언뜻 보이는 틈새에서 두 눈이 떨어지질 않았다. 쉽사리 빠져나올 것 같지 않은 그것을 뒤로하고 다시 몸을 일으켰다. 현관 앞으로 가서 뒤집힌 슬리퍼를 발가락으로 잡아끌었다. 문을 향해 손을 뻗었을 때, 문 가까이에 서 있는 아버지의 뒷모습이 보였다. 그는 한 손에 핸드폰을 쥐고 누군가와 통화를 하고 있었다. 나는 팔을 잡아끌어 대문을 닫다가, 왼쪽 귀를 바짝 문틈에다 붙였다.

"알아서 잘 키우겠지. 지금까지 그랬으니까. 그나저나 조금만 기다려. 우리 집으로 출발할게."

아버지에겐 여기가 아닌 다른 곳에 또 하나의 집이

있는지 모를 일이었다. 그 와중에도 이것만큼은 확실해졌다. 집은 하나여야 한다는 것을, 적어도 나에겐 그게 당연했다. 나는 손잡이를 확 잡아끌어 현관문을 닫았다. 도로의 복사열이 그새 집안으로 비집고 들어온 탓에 얼굴이 검붉게 달아올랐다.

"연지야, 얼굴이 왜 그래? 못 볼 거라도 봤다니!"

엄마가 바닥에 내동댕이친 물건들을 손에 쥐고 나를 채근했다. 순간 얼굴이 화끈거렸다. 나는 입을 꼭 틀어막고 아버지의 흔적들을 애써 치우고 있는 엄마를 가만히 바라봤다. 구부정한 허리로 바닥을 쓸고 있는 그녀를 향해 울컥하는 감정이 쏟아졌다. 순간 헛기침을 해댔고, 목구멍 안으로 슬픔을 쏟아냈다. 근질근질한 목 안으로 자꾸만 성을 냈다.

'흠, 흐음.' 별안간 엄마가 대뜸 눈썹을 찡그리며 나를 바라봤다.

"너는 정신 사납게 왜 그러니? 가만 보면 하는 짓이 네 아빠랑 똑같아, 정말."

"내가 뭘 어쨌다고!"

나는 더 이상 아무 말도 하지 않았다. 입을 열면 아

버지에게 또 다른 집이 있다는 사실을 말해버릴까봐, 그것 때문에 엄마가 상처를 받을까봐 최대한 말을 아껴야 했다. 그래도 그렇지, 아버지와 똑같다는 말만큼은 인정하기 싫었다. 나는 꽥 소리를 지르며 작은방의 문을 쾅 닫고 들어갔다.

"괜히 나한테 화풀이야!"

바닥에 풀썩 주저앉아 몸을 접었고 두 발을 가지런히 모았다. 두 팔로 감싸안은 다리 사이로 얼굴을 깊게 파묻었다. 색이 바랜 누런 장판을 내려다보자, 성희가 먹다가 흘린 과자 가루가 군데군데 흩어져 있었다. 나는 숨을 크게 들이마셨다가 그 위로 다시 뱉어냈다. 그러자 과자 가루가 힘없이 나풀거리며 사방으로 맥없이 흩어졌다. 그날 밤, 성희와 나는 방안에 틀어박혀 한 발짝도 움직이지 않았고, 종일 싸늘한 적막이 온 집안을 감쌌다. 그렇게 우리는 아버지가 떠나버린 밤을 고요히 맞이해야 했다.

다음 날 이른 아침부터 엄마는 바빠 보였다. 된장국을 끓였는지 온 집안에 그 냄새도 진동했다. 수건으로 칭칭 감싼 머리카락은 한 올도 튀어나오지 않고 단단히 고정되어 있었다. 나는 그런 엄마 옆으로 다가가 아무 일 없다는 듯이 아침인사를 건넸다.

"안녕히 주무셨어요."

잠깐 스치는 엄마의 두 눈이 퀭해 보였다.

"연지야, 동생이랑 밥 챙겨먹고 서둘러 학교 가거라. 엄마는 오늘 볼일이 있어서 늦게 들어올지도 몰라."

나는 잠이 덜 깬 게슴츠레한 눈으로 엄마가 차려놓은 밥상 앞에 앉았다. 그러는 동안 엄마는 허둥지둥 안방으로 들어가 화장대 앞에 앉아서 드라이어를 꺼냈다. 머리에 볼륨을 넣었고, 웬일인지 바르지도 않던 화장품을 서랍에서 꺼내 얼굴을 톡톡 두드렸다. 된장국에 밥을 말고, 한술 크게 떠서 입에 넣는 와중에도 자꾸만 엄마에게서 시선을 떼지 못했다. 엄마는 서랍에서 오래된 립스틱도 꺼냈다. 겉이 잔뜩 벗겨진 오래된 립스틱의 뚜껑을 열고 한 방향으로 돌리기 시작했다. 돌리고 돌려도 립스틱의 색 기둥은 밖으로 나올 낌새가 보이지 않았다. 그녀는 짧은 브러시를 서랍에서 꺼내 립스틱 안쪽 표면을 들쑤셨다. 그러자 브러시가 지나간 자리마다 엄마의 입술이 부끄러운 듯 불그스름하게 밝아졌다. 나는 멀뚱한 눈으로 그런 엄마를 바라봤다. 어색해 보이기는 그녀도 마찬가지였는지 연신 거울을 보며 입술을 오므렸다가 폈다가 했다.

나는 그릇에 남아 있는 흰밥을 된장국에 전부 말아 먹었다. 허겁지겁 밥알을 왕창 집어넣고 듬성듬성 씹었다. 그게 밥인지 콩인지도 모르고 숟가락질만 계속하는 와중에도 엄마를 시야에서 놓칠 수가 없었다.

그날 밤 나는 귀가가 늦는 엄마를 걱정하면서 자동차가 쌩쌩 달리는 터널을 빠져나왔다. 유독 노랗게 밝은 달이 환하게 떠올라 있었다. 산 아래로는 푸르스름한 빛이 스며들어선지 적막하게 광활했다. 다시 고개를 내밀어 밝은 달을 올려다보았다. 달빛이 두 눈으로 쏟아지자 절로 감탄사가 새어나왔다. '후.' 그것도 잠시, 엄마가 아직 돌아오지 않았다는 생각이 들자 가슴 한쪽이 미세하게 떨려왔다. 집으로 들어가자 성희는 펼치지도 않은 이불 모퉁이에 얼굴을 댄 채 코를 골고 있었다. 나도 따라 하품이 새나왔다. 곧장 이부자리를 펴려고 이불 더미에 손을 뻗었다. 한쪽 구석에 켜켜이 쌓여 있는 이불 밑에는 할머니의 조각이불이 고이 접혀 있었다. 몇 년 동안 펼쳐지지 않은 상태 그대로인 것 같았다. 그 위로 날마다 쓰는 우리의 이불만 폈다 개었다 반복될 뿐이었다. 나는 바닥에 이불을 펼치고 나서 다시 현관문을 조심히 열었다. 차도 지나가지 않는 쌩한 터널의 어둠이 무섭게 집안으로 들이닥쳤다. 나는 재빨리 문을 닫았다. 그러기도 여러 번이었다. 이불에 기대어 잠깐 눈을 붙인 사이, 밤은 더욱 깊어져갔다. 엄마는 여전히 돌아오지 않았다. 창문 하나 없는 집에서 성희와 나의 숨소리만 까만 벽을 타고 있었다. 눈을 감아도 쉽사리 잠이 들지 않자 이불을 들어올려 머리맡을 덮었다. 어둠이 깊어지는 내내 마음은 조마조마했다. 마침 벽에 걸린 동그란 시계는 3시 40분을 가리켰고, 나는 다시 눈만 껌뻑였다.

'터걱, 터걱.'

그때, 밖에서 신발 소리가 났다. 보폭의 길이도 딱 엄마 것 정도였다. 녹이 슨 손잡이를 돌리는 소리가 귓등으로 얇게 퍼졌다. 나는 벌떡 자리에서 일어났다.

"아이고, 깜짝이야. 여태껏 안 자고 뭐해."

놀라서 뒤로 물러난 엄마가 다시 차가운 시멘트 계단을 내려오며 들어왔다. 나는 현관문 앞에 우두커니 서서 그런 엄마를 지켜봤다.

"왜 이렇게 늦었어."

퉁명스레 내뱉은 말에는 온 서러움이 다 묻어나 있었다. 엄마는 그걸 아는지 모르는지 나를 보고 놀란 가슴만 연신 쓸어내렸다. 좀 전까지 쿵쾅대던 내 가슴은 언제 그랬냐는 듯 이내 조용해졌다. 나는 다시 방으로 들어가서 빈 베개를 털썩털썩 치댔다. 풀썩 자리에 눕자마자 성희가 움켜쥔 이불을 끌어당겼다. 옆에서 코를 고는 그녀 때문인지 한동안 눈만 껌뻑일 뿐 쉽사리 잠에 들지 못했다. 그사이 욕실에서 한바탕 물소리가 났고, 잠시 뒤 엄마의 흔들리는 목소리가 어렴풋하게 들리기 시작했다.

"여보, 여보…."

엄마는 까만 밤이 허망한지 자꾸만 아버지를 붙잡으며 흐느꼈다. 외롭다고 외치는 엄마의 메아리가 절절하게 들려왔다.

몇 달 전, 아버지가 집을 나가기 전에 다 같이 둘러앉아 밥을 먹다가, 엄마가 생뚱한 말을 꺼낸 적이 있었다.

"얘들아, 엄마한테도 이제 믿음이 생겼단다."

나는 저작을 멈추고 엄마의 얼굴을 뚫어져라 바라봤다. 그 순간, 성희가 말했다.

"우리, 우리 엄마, 추… 축하해."

"고마워. 딸."

그런 성희와는 달리 나는 궁금한 게 먼저였다.

"엄마! 절? 교회? 어떤 걸 믿기로 한 거야?"

"믿음이 뭐 별거니. 내가 원하는 걸 이뤄준다면 그게 믿음인 거지."

엄마는 입안에 남은 밥을 삼키고 다시 말을 이었다.

"그래서 보살을 한번 믿어보기로 했어."

아버지가 곧바로 물었다.

"뭐? 당신 설마 안 보살 말하는 거야?"

엄마의 끄덕임에 아버지는 어이없다는 표정을 짓고서 다시 밥 한 숟갈을 떴다. 그러고서도 무신경한 아버지 때문인지 엄마는 자꾸만 그의 눈치를 살폈다. 그때 내가 말했다.

"엄마가 원하는 걸 그 보살이 이뤄줄 수 있대? 엄마가 원하는 게 뭔데?"

"우리 가족이 오래오래 행복하게 사는 것."

엄마가 힘없이 대답했다.

"그걸 보살이 정말 이뤄줄 수 있대?"

나는 의아하다는 듯 엄마에게 다시 물었다.

그때, 아버지가 불만이 가득한 표정을 지으며 자리를 박차고 일어났다.

"쓸데없이 무슨 소리를 하는 거야. 밥맛 떨어지게."

그날 이후로 종종 엄마의 입에서는 '보살'이라는 단어가 들리기 시작했다. 그때부터 엄마는 휴전선을 지키는 경계병처럼 안 보살과의 관계를 엮어내고 있었다.

나는 알람 소리에 눈을 번쩍 떴다. 때를 알 수 없는 이 집에서의 아침은 알람 소리 없이는 도통 확인할 수 없었다. 어둠을 비집고 몸을 힘들게 일으킨 사이 성희는 이불을 다시 뒤집어 얼굴 위를 덮었다. 나는 눈을 비비고 1분 간격으로 울려대는 알람 버튼을 찾아 옆으로 밀었다. 시끄럽게 울려대는 아침의 소리에 잠은 진작 달아나고 없었다. 방문을 열고 나온 거실에는 여전히 모든 것이 한밤중이었다. 이른 아침을 깨웠던 엄마의 달그락거리는 그릇 소리도 들리지 않았다. 나는 엄마가 자고 있는 큰방으로 다가가 방문을 살짝 열어젖혔다. 웬일인지 그 시간까지 잠에 푹 빠져 있었다. 그날을 시작으로 아침식사는 오롯이 내 몫이 되고 말았다.

엄마가 일을 시작한 지 일주일이 되던 날부터, 아침마다 냉장고에는 두툼한 검은 봉지가 놓여 있었다. 매일 아침마다 졸린 눈으로 검은 봉지를 꺼내 펼치면, 예쁘게 토막난 다양한 과일들이 듬뿍 담겨 있었다. 동생과 아침을 서둘러 먹고, 검은 봉지를 펼치는 일은 날마다 당연한 일과가 됐다. 우리는 젓가락 하나로 모양 난 과일을 콕 집어서 입안 가득 넣었다. 책가방을 메는 순간까지도 젓가락에 매달린 과일을 입속에 넣기 바빴다. 봉투 속 과일은 찌릿할 정도로 달고 달았다. 그 속엔 가끔씩 한번도 맛보지 못했던 이름 모를 과일도 더러 있었다.

그날 새벽엔 성희의 거친 숨소리 때문에 이불 속에서 엎치락뒤치락 몸을 비틀고 있었다. '또각또각' 고요한 사방으로 구두굽 소리가 들렸고, 곧바로 현관문이 열렸다. 익숙한 엄마의 걸음 뒤로는 낯설고 가벼운 구두굽 소리가 어색하게 울려퍼지고 있었다.

'이 시간에 대체 누구지?'

나는 낯선 자의 기척에 온 신경을 두 귀에 집중했다. 숨소리도 들킬세라 최대한 얕고 가늘게 숨을 내쉬었다.

"미연아, 우리 집 누추하지?"

엄마의 상기된 목소리였다.

"언니, 전혀. 내가 사는 집보다 넓고 좋은데?"

얼굴도 보지 못한 그녀의 음색은 맑지 않고 조금 탁했다. 거기다 톤까지 낮았다.

"아휴, 볼이 많이 부어올랐네. 얼음찜질 좀 해야겠다."

엄마는 혀를 끌끌 차며 발걸음을 옮겼다. 그리고 그녀가 대답했다.

"고마워, 언니."

"고맙기는. 얼른 몸이나 추슬러."

엄마의 말끝엔 애정이 가득 담겨 있었다. 잠시 후, 그녀의 목이 멘 울음이 나의 귓등을 흔들었다. 입술을 꼭 깨문 듯한 훌쩍임이었다. 그녀는 고인 코를 한바탕 풀어 젖히고 입을 열었다.

"에이, 어젯밤 꿈에 도망간 엄마가 보이더라니, 그 여자가 꿈에 나오면 항상 이렇다니까."

그녀가 다시 코를 풀었다. 한숨을 쉬었고, 다시 훌쩍였다.

"미연아."

엄마는 내내 낯선 그녀를 미연이라고 부르고 있었다. 그 부름마다 온기가 녹아 있는 듯했다.

"그래도 사람 냄새 나는 곳에서 살겠다는 희망만큼은 버리지 말자."

나는 밀려오는 하품을 참고 참다가 금세 잠이 들어 버렸다. 잠결에도 두 사람의 목소리가 하모니처럼 들려왔다. 그날 이후로도 낯선 그녀는 종종 새벽녘에만 우리 집을 찾아왔다. 그때마다 푸석하게 헝클어진 그녀의 머리카락이 옆자리인 내 베개 위로 흩어지곤 했다. 내가 잠에서 깨면 그녀는 항상 옆으로 드러누워 있었다. 더구나 그녀의 오른쪽 귓불에는 크고 세모난 점이 있었다. 까만 보석인 양, 꼭 그런 모양의 귀고리인 줄 알았다. 그녀가 다시 한번 우리 집을 찾아왔을 때서야 그게 귀고리가 아니라 독특한 점 모양이라는 걸 알았다. 나는 그녀가 찾아오는 아침마다 기척이 나지 않게 조용히 기상하곤 했다. 그럼에도 우리 집을 오가는 동안 한번도 그녀의 눈 뜬 모습을 마주한 적은 없었다. 그렇지만 같은 이불을 덮어서였을까, 언제부턴가 그녀가 자다가 차낸 이불을 조심히 끌어다 덮어주곤 했다. 엄마처럼 그녀 또한 희망을 지켜내는 중이라고 믿고 싶었다.

그날따라 해가 중천이 되어서야 퇴근한 엄마는 두 눈이 벌겋게 충혈된 채 집에 들어왔다. 목소리마저 심하게 갈라진 엄마는 어디론가 계속해서 전화를 걸었다.

"그렇게 뒤통수치고 내뺄 애는 아닐 거예요. 기다려 보자고요."

잠시 후 엄마는 전화를 끊고 멍하니 중얼거렸다.

"미연이한테 무슨 일이라도 생겼나 걱정하기는커녕 사라진 돈만 걱정하고 난리네." 엄마는 마음을 졸이는 듯했다. 하루아침에 연락이 되지 않는 그녀를 온전히 이해하려고 애쓰는 것 같았다.

"엄마, 그만 씻고 한숨 자. 엄마 일도 아니면서."

엄마는 걱정하는 내 말은 안중에도 없이 쏘아붙였다.

"얘가 참 퉁명스럽게도 말하네, 내가 미연이를 얼마나 친동생처럼 잘 대해줬는데. 그런 소리 마."

엄마는 얼음이 동동 뜬 냉수를 한 컵 들이켜고서 욕실로 들어갔다. 씻고 나와서 머리카락이 다 마르기도 전에 자리를 펴고 곯아떨어졌다. 엄마의 코 고는 소리 때문인지 그날은 다른 날보다 시끄럽게 저물어갔다.

한 주가 지난 일요일에는 더 이상 엄마의 코 고는 소리도, 미연이라는 이름도 들리지 않았다. 엄마는 그녀의 행방을 사나흘 좇다가 지레 포기한 모양인 듯했다.

"연지야, 엄마랑 장 보러 가자."

한 달에 한 번씩은 엄마와 시장에 나가 함께 장을 봤다. 식자재가 저렴한 곳에서 많은 양을 한꺼번에 사

는 엄마라 그때마다 나는 짐꾼 역할을 톡톡히 해야만
했다. 엄마가 필요한 식재료를 흥정하면 짐꾸러미가
내 손에 들리는 식이라서 장보기에 앞서서 엄마는 늘
간식거리부터 사주곤 했다. 시장 초입구로 들어서자마
자 널따란 철판 위로 지글지글하게 기름에 튀겨지는
호떡이 보였다. 제법 군침이 돌자 엄마가 대뜸 호떡 한
개를 집어 내 손에 쥐어줬다. 다짜고짜 한 입 베어문
호떡은 입천장을 녹일 정도로 뜨거워서 한참이나 입
을 벌리면서 열기를 뿜어내야 했다. 그때 내 옆에 선
여자에게 문득 시선이 갔다. 그녀의 귓불에 까만 점이
유난히 도드라져 보였다. 그러고 보니 그녀의 옆모습
이 꽤 눈에 익었다. 나는 지갑에서 현금을 찾고 있던
엄마를 붙들었다.

"엄마, 아는 사람 아니야?"

엄마는 지갑을 든 채로 내 옆으로 고개를 돌렸다.

"미연아!" 엄마의 갑작스런 외침에 모두의 시선이 그
쪽으로 향했다. 그제야 그녀의 얼굴이 보였다. 이목구
비가 뚜렷하면서도 어딘지 모르게 매서워 보이는 인상
이었다. 내 옆에서 곤히 자고 있던 그녀가 맞았다.

"미연아! 왜 이렇게 연락이 안 됐어. 내가 얼마나 널 찾았는데."

그때 그녀의 손에 쥐고 있던 호떡이 바닥에 떨어졌다. 조금 전까지도 동그랗던 그녀의 눈은 어느새 가늘어져 있었다. 그리고 그녀의 옆에 서 있는 어떤 남자의 목소리가 먼저 들려왔다.

"자기야, 아는 사람이야?"

그녀가 남자의 질문에 한 손으로 입을 훔치며 대답했다.

"아니? 모르는 사람이야."

그러더니 그녀는 엄마를 향해 퉁명스럽게 말했다.

"사람 잘못 보셨어요."

그녀는 서둘러 말을 끝내고서 옆에 선 남자를 재촉했다.

"오빠 나 배불러. 얼른 가자."

그녀가 팔뚝에 문신이 새겨진 근육질 남자의 팔을 흔들어대자 그의 문신이 기이하게 비틀어졌다. 엄마는 아무 말도 하지 않고 가만히 그녀를 바라봤다. 그녀 또한 엄마에게 눈길 한번 주지 않으려고 억지로 외딴 곳만 보고 걷는 것 같았다. 한번도 뒤를 돌아보지 않고 걸어가던 그녀가 한참이나 멀어졌지만, 엄마는 꼼짝도 하지 않고 그 자리에 멍하니 서 있었다. 그곳에서 엄마의 두 눈은 며칠 전처럼 다시 핏줄이 파릇하게 선 채로 싸늘하게 얼어붙고 있었다.

봄과 여름을 오가는 6월의 어느 날. 나는 학교를 마치고 집으로 돌아왔다.

"학교 다녀왔습니다."

마침 출근 준비를 마친 엄마가 벽에 달린 달력을 멍하니 바라보고 있었다. 그러다가 볼펜을 쥐고 6월 15일 주위에다 빨간 동그라미를 그려넣고 있었다. 나는 궁금하면서도 애써 궁금하지 않은 척 교복을 갈아입었다.

'탕, 탕, 탕'

6월 15일 아침부터 우리 집 대문 밖에서는 명태가 작살나고 있었다. 기다란 방망이로 명태를 때려부수는 엄마의 어깨엔 비장한 힘마저 잔뜩 실린 듯 했다.
악에 받친 듯 관자놀이엔 핏줄까지 도드라졌다.

'탕, 탕, 탕'

엄마는 시멘트 바닥에 신문지 한 장을 널찍하게 펼
치고서 방망이로 명태를 사정없이 내리쳤다. 방망이가
닿을 때마다 형태가 퍽 하고 일그러졌다.

"엄마, 뭐 해?"

아무런 대답도 없이 다시 엄마의 팔이 세차게 요동
쳤다.

"가시 튈라, 저만치 비켜 서."

나는 두 눈을 동그랗게 뜨고서 부서진 명태를 보
았다.

"명태를 왜 패고 있는 거야?"

"안 보살이, 이렇게 했더니, 집 나간 사람이, 다시 돌
아왔대."

나도 모르게 그만 콧방귀가 새나왔다. 명태를 방망
이로 패면 집 나간 아버지가 다시 집으로 돌아온다
고? 이런 허무맹랑한 미신을 믿는 걸 보니 우리 엄마,
지푸라기라도 잡고 싶은 심정이었구나. 짠한 시선이

작살난 명태에서 엄마에게로 향했다.

"있는 힘껏 패야 된대. 가루가 될 정도로 대가리도 뿌시고, 몸통도 이렇게."

'퍽, 퍽' 엄마는 말을 하면서 방망이질을 더 세게 힘차게 휘둘러댔다.

"그래, 이왕 이렇게 된 거 네가 이기나 내가 이기나 한번 해보자고."

또다시 엄마의 방망이 소리가 사방에 울려퍼졌다. 입술을 꽉 깨문 엄마의 팔에는 힘줄도 도드라졌다. 쪼그려앉아서 방망이를 귀 뒤쪽으로 넘겼다가 앞으로 내리치는 팔에는 무한한 힘이 솟구쳐 있었다. 힘이 넘치는 건지, 분이 넘치는 건지 도무지 분간할 수가 없었다. 아버지와 명태, 어울리지 않는데 또 뭔가 찰떡인 것마냥 어우러졌다. 그런 명태의 수난이 우습고도 가소로워질 지경이었다. 어쨌거나 엄마의 힘으로 제법 큰 명태는 산산조각이 났다. 명태 대가리는 형체를 알아보기 힘들 정도로 부서졌고, 말라버린 몸통도 결 따라 쭉쭉 금이 가서 벌어졌다. 신문지 위에 부스러진 명태의 잔해들이 삽시간에 하얀 탑처럼 수북이 쌓여갔다.

그런 엄마를 보고 있는 내내 그간의 시간이 안쓰럽게 느껴졌다. 내겐 아버지 없는 한 달이 금세 지나가버렸는데, 엄마에게만큼은 그 시간이 더디게 갔던 것을. 남편의 부재를 꼬박 세고 있었던 아내의 심정이었을 것이다. 그에 비해 아버지의 존재감을 그 어디서도 느낄 수 없었던 나는 엄마의 성난 팔뚝이 자꾸만 처량해 보였다.

　나는 집안으로 들어가자마자 당장이라도 아버지가 돌아올 것처럼 방 안의 물건들을 가지런히 정리했다. 아버지가 휙 내동댕이칠 만한 것들을 골라서 서랍장 안에 차곡차곡 집어넣었다. 다음 날, 그 다음 날에도 나는 집안 물건들을 정리하는 일에 신경을 쏟았다. 부스러진 명태 때문에라도 당장 아버지가 돌아올 줄 알았다. 아버지와 얼굴을 맞대면 무슨 말을 해야 할까 혼자서 상상하기도 했다. '잘 돌아오셨어요.' '보고 싶었어요.' 아무리 생각해도 머릿속을 뱅뱅 도는 인사말이 입 밖으로 빠져나오기는 거의 불가능했다. 그를 향한 빈말은 내겐 난삽한 일이었다. 그런 마음을 제쳐두더라도 명태의 희생은 여전히 볼품없었다. 그로부터 시간이 속절없이 흘렀지만, 아버지는 끝내 집으로 귀환하지 않았다. 그러는 사이에 엄마는 자주 입을 모으고 작게 속삭였다.

'망할 명태 같으니라고.'

엄마는 그해 뜨거운 여름, 그보다 더 뜨거운 기름을 다루며 닭을 튀기기 시작했다. 그때부터 우리 집 냉장고엔 더 이상 검은색 비닐봉투도 보이지 않았다. 난생처음으로 장사를 시작한 엄마는 시험대에 오른 사람처럼 매일을 긴장하며 사는 것 같았다. 날마다 두 눈은 충혈되어 있었고, 어깨는 경직돼 자주 담이 왔다. 가까이에서 지켜본 엄마의 분투는 낯설면서도 측은하기까지 했다. 건물 위로 '따봉치킨' 간판이 세워지는 날, 엄마의 눈에는 벅찬 눈물이 고여서 물결처럼 빛나고 있었다. 나는 그런 엄마를 못 본 척 등을 돌리고 서 있었지만 누구보다도 간절하게 따봉치킨의 순항을 마음속으로 기원했다.

'우리 엄마, 대박 나게 해주세요.'

따봉치킨은 1년이나 비워져 있던 단층 건물의 좁은 구석에 자리 잡았다. 보증금 5000만 원에 월세 70만 원. 75만 원이던 월세를 악착같이 줄여서 계약서에 도장을 찍던 날, 엄마는 함박웃음을 지으며 내게 뽐내듯 자랑했다. 엄마는 장사를 하기 위해서 살고 있던 터널하우스를 매매했고, 매수인은 다시 엄마에게 월세를 놓았다. 주변의 만류에도 엄마는 흡족해했고, 거침없이 자신있어했다.

따봉치킨의 개업식이 있던 날에는 아침부터 돼지머리와 시루떡이 가게 안 테이블에 달랑 차려져 있었다. 엄마는 테이블을 앞에 두고 누군가에게 가장 먼저 전화를 걸었다.

"보살님. 가게 잘되라고 기도 좀 해주시고, 언제 한번 들러주세요."

"누구야?"

나는 홀에 앉아서 앞으로 기운 몸통을 의자 뒤로 바짝 젖히며 별 관심 없는 듯 퉁명하게 물었다.

"안 보살."

"치, 보살은 무슨."

나는 손톱 언저리에 있는 거스러기들을 잡아뜯기 시작했다. 나는 안 보살을 기억할 때마다 자꾸만 명태가 떠올랐다. 명태를 걸고서 약속했던 일 따위는 엄마에겐 아무것도 아닌 것만 같았다. 그때부터 보살은 내게 퍽이나 우스워졌다.

개업식을 끝내자 사람들은 동네에 새로 생긴 치킨집이라며 길을 가다 한번씩 호기심에 가게 안을 들여다보곤 했다. 그런 사람들 때문에 첫날엔 치킨이 20마리나 팔려나갔다.

"연지야, 엄마 대박 났다!"

오래간만에 엄마의 미간이 쫙 펴져 있었고, 제법 격앙된 목소리였다. 그날 밤, 엄마는 주문 장부를 손가락으로 짚어 세면서 두 눈을 한번도 깜빡이지 않았다. 엄마는 다음 날에도 이른 아침부터 한 손에 긴 나무 젓가락을 기름통 속에 넣고 휘저으며 달라붙은 닭 조각을 이리저리 떼었다. '띠-' 타이머가 울리자 엄마의 손은 조금 전보다 빠르게 움직였다. 초벌한 닭 조각을 소쿠리에 담고서 밑으로 줄줄 흐르는 기름을 선반 모서리에 탁탁 쳐댔다. 기름 위에 둥둥 뜬 반죽 부스러기들을 채반으로 건져낼 때에도 엄마의 어깨는 한껏 부풀어 있었다. 그런 엄마의 들뜬 기분에도 가게 안은 오전 내내 잠잠했다. 대수롭지 않은 듯 시계 바늘은 째깍째깍 돌아가고 수도꼭지의 물은 한 방울씩 힘없이 떨어졌다. 그러거나 말거나 엄마는 반죽을 입힌 열한 번째 닭 조각을 튀김기에 넣었다. 요란하게 울리는 기름 터지는 소리가 공간에 퍼지자 엄마는 신이 난 듯 더 큰 목소리로 말했다.

"오늘도 20마리 예상!"

엄마의 어깨는 여전히 한쪽으로 삐죽 솟아 있었다.

점심시간이 지나자 개업하던 날 첫 손님이었던 미용실 원장이 가게로 찾아왔다. 그녀의 뽀글거리는 파마머리는 어깨까지 닿아서 걸을 때마다 들썩들썩한 모양새였다.

"사장님, 나 저기 맞은편 숙희미용실 원장이에요. 내가 할 말은 하고 사는 성격이라서, 호호. 요즘 사람들 이런 얘기 잘 안 해주는 거 알죠? 맘에 안 들면 안 사먹고 말지."

그녀는 가게 안으로 들어오면서 잠시 걸음을 멈추며 홀에 앉아 있는 나를 응시했다.

"어머, 오늘도 사장님 딸이 나왔네. 언제 다 키우셨대, 난 우리 애들 언제 키워."

나는 잠자코 테이블에 앉아서 그녀를 바라봤다. 그러는 동안 엄마는 물기 묻은 손을 앞치마에 닦으며 주방에서 나왔다.

"어서 와요. 애들 금방 커요. 원장님이야말로 저보다 한참이나 어려 보여서 애엄마인 줄 몰랐어요."

그녀의 눈꼬리가 위로 치켜 올라갔다.

"아이 참. 나 올해 마흔인데, 그런 소리 많이 듣긴 해요."

"엄마도 마흔이잖아."

내가 불쑥 대답하는 사이 엄마는 나를 향해 저리 비키라며 손짓을 보냈다. 나는 입을 삐죽 내밀며 의자를 뒤로 빼서 주방으로 들어갔다. 그녀는 계속해서 까칠한 웃음소리를 냈다.

"사장님 나랑 동갑이야? 나보다 언니인 줄 알았지 뭐야."

고개를 돌리면서 가게 안을 한 바퀴 빙 둘러보던 그녀가 팔짱을 끼면서 속사포처럼 말을 뱉었다.

"동갑이라고 하니깐 내가 막 동지 같고 그러네. 사실 내가 먹어보니깐 여기 치킨 옷이 좀 눅눅하더라고. 빠싹 빠싹 이 느낌, 뭔지 알죠? 그리고 양이 너무 적어. 신장개업인데 내가 다 안타까워서, 정말."

그녀의 반말 때문인지 아니면 악평 때문인지 엄마의 어깨가 축 늘어진 듯 했다. 엄마는 두건을 매만졌다.

"제가 치킨 장사가 처음이라, 그렇잖아도 지금 막 튀겨놓은 게 있는데 어제보다 한 번 더 튀겨내서 바삭할 거예요. 한 마리 가져가서 먹어봐요."

엄마는 서둘러 의자를 뒤로 빼며 일어섰다. 의자가 시멘트 바닥을 긁으며 밀려내는 소리가 고막을 찢듯 울려퍼졌다. 그러든지 말든지 엄마는 종종걸음으로 주방 안으로 들어갔다.

그러는 사이 미용실 원장은 자리에서 일어나 손사래를 치며 이렇게까지 안 해줘도 된다며 주방 입구에 걸린 비닐봉투 한 장을 잽싸게 뜯어 그 안을 두 손으로 벌렸다. 잠시 후 주방 난간을 사이에 두고 엄마에게 치킨 상자를 건네받은 그녀의 눈빛이 초롱초롱하게 빛났다. 엄마는 그녀를 가게 밖까지 배웅했다. 개업 이튿날은 개업날에 비해 오가는 사람 없이 고요하기만 했다. 매출이라곤 고작 15000원짜리 닭 5마리뿐이었다.

머칠 후 엄마는 전화를 돌려 전단지 제작을 의뢰했다. 곧장 가게로 도착한 전단지를 종이가방 두 개에 차곡차곡 나눠 담았다. 가게 테이블에서 숙제를 하고 있는 성희를 자리에 앉혀두고서 엄마는 나를 이끌고 동네 시장으로 앞장섰다. 내가 멀뚱하게 종이가방을 들고 서 있는 사이에 엄마는 나보다 한발 앞으로 나가 허리를 굽혀 큰 소리로 외치기 시작했다.

"따봉치킨 오픈했습니다. 한번 방문해주세요. 서비스 많이 드릴게요." 똑같은 말을 되풀이하면서 엄마는 전단지를 한 장씩 사람들 손에 쥐어줬다. 나는 할 수 없이 그런 엄마를 따라서 한발 앞으로 나섰다. 차마 입이 떨어지지 않아서 지나가는 사람 앞으로 전단지만 내밀었다. 그걸 받아주는 사람은 한 명도 없었다. 시간이 조금 흐르자 쌓여 있는 전단지 뭉치가 점점 무거워지기 시작했다. 내 옆에 서 있던 엄마의 어깨와 무릎이 점점 바닥을 향해 내려앉고 있었다.

따봉치킨을 오픈한 지 딱 한 달이 되던 날, 엄마는 오전부터 여러 마리의 치킨이 든 비닐봉투를 테이블 위로 쌓아올렸다. 전단지 홍보가 실패로 돌아가자, 이번엔 '덤' 행사를 기획한 모양이었다. 1+1, 치킨 한 마리를 사면 한 마리를 더 서비스로 주는 이번 행사로 가게는 날마다 전쟁터 같았다. 나는 학교를 마치면 가게에 나와 엄마를 도왔다. 그럼에도 일손이 부족한 건 어쩔 수 없었다. 그 때문에 치킨 판매량은 행사 전보다 두 배 가까이 늘었지만 매출액은 크게 나아지지 않았다. 결국 행사 한 달 만에 근육통과 피로감에 시달리던 엄마는 당분간 휴업을 하기로 결정했다. 휴업 딱지를 가게 문에 붙이는 날, 그날은 엄마의 마흔 번째 생일이기도 했다.

일주일간의 휴업을 끝내고 장사를 재개했지만, 가게의 기름 온도는 날이 갈수록 점점 낮아졌다. 간간히 들렸던 팡팡 기름 터지는 소리도 들어본 지 오래였다. 냉랭한 공기 탓에 가게 앞을 오가는 사람은 없었고,

전화벨도 짧게만 울리다가 이내 그쳤다. 겨우내 치킨집의 기름은 서늘히 식어갔다. 결국 따봉치킨은 새해를 맞이하기도 전에 서둘러 간판을 떼야 했다. 이렇다 할 수입이 없는 우리 집엔 그 이후로 한동안 쌀통도 비워진 상태였다.

'똑, 똑.'

"애기 엄마. 안에 있죠?"

문밖에서 들리는 목소리는 낯설기만 했다. 폐업하고 한동안 집안에 틀어박혀 밖에 나가지 않았던 엄마는 그 소리에 벌떡 이부자리에서 일어났다. 헝클어진 머리를 손으로 빗어넘기면서 꼭 닫힌 문을 서둘러 열어제꼈다.

"안녕하셨어요, 사모님."

엄마는 사모님이라고 칭한 한 여인 앞에서 대뜸 고개를 숙였다.

"월세가 많이 밀렸죠. 죄송하게 됐네요."

엄마의 말끝에는 경외심이 가득했다. 그럴 것이 집주인의 목소리는 톤이 높고 발음이 명확했다. 조곤조곤하면서도 말에는 힘이 가득 실려 있었다. 그 말을 듣고 있는 엄마의 고개는 점점 숙여졌고, 어깨마저 동그랗게 쪼그라들었다.

한동안 엄마는 종종 우리 집을 찾아오는 집주인 앞에서 한없이 몸을 수그렸다. 그러나 조곤조곤했던 집주인의 음성은 시간이 갈수록 괴팍해졌고, 엄마의 신경도 날카로워졌다.

"애기 엄마, 안에 있는 거 다 알아. 분명히 얘기했어. 나 원 참, 사정도 정도껏 봐줘야지! 이번 주 안에 그 안에 있는 짐 다 빼. 안 그러면 나도 가만히 안 있어!"

계속되는 집주인의 압박으로 궁지에 몰리자 엄마도 점점 날을 세웠다.

"누가 우리 집 사정 봐달랬어요? 방 뺀다고요! 빼."

이후로도 집주인은 시시때때로 우리 집에 찾아왔다. 그녀는 열리지 않는 문틈으로 고래고래 소리를 지르고 갔다. 그럴 때마다 엄마는 집 안에서 현관문을 등지고 쪼그리고 앉아 그 말을 다 받아내고 있었다.

동공이 커진 내 눈이 엄마의 눈과 닿으면 엄마는 금세 검지를 입술로 가져와 조용히 하라는 신호를 보내곤 했다.

그날따라 동도 채 트지 않은 이른 아침부터 엄마의 전화벨이 계속해서 울려댔다. 엄마도 피곤한지 잠을 청하기로 한 것 같았다. 그사이 전화벨은 끊겼다가 다시 울리기 시작했고, 그러기도 여러 번이었다. 눈을 떠 시계를 보니 오전 6시 39분, 순간 미간이 찌푸려졌다. 다시 울리는 전화벨에 나는 안방으로 건너가 엄마를 흔들어 깨웠다.

"엄마! 전화 좀 받아봐. 급한 일인가봐."

그제야 깜짝 놀라 눈을 부릅뜬 엄마는 걸려온 전화의 발신자를 확인했다. 처음 보는 낯선 번호였다.

"누구세요."

여보세요도 아니고 누구세요로 시작하는 엄마의 인사는 다소 신경질적인 반응이었다. 그때 수화기로 넘어온 저쪽의 공간에서 뭔가 어수선한 잡음이 잔뜩 새 나왔다.

"네? 뭐라고요?"

그때부터 엄마의 낯빛이 순식간에 어두워지기 시작했다. 뭔지 모를 음산한 기운이 방안을 온통 헤집고 있었다.

"다시 한번 말씀해 주실래요?"

엄마는 기어이 혼이 나간 사람처럼 눈도 껌뻑이지 않은 채 겁에 질린 표정을 짓고 있었다. 나는 그런 엄마 옆으로 더 가까이 다가갔다.

"엄마, 무슨 일인데?"

나는 부스스한 눈을 치켜떴고, 엄마의 눈은 초점을 잃은 채 아무런 대답이 없었다. 엄마는 뭔가 넋이 빠진 사람처럼 가만히 앉아 있기만 했다. 잠시 뒤 전화가 끊기자마자 곧바로 메시지 알림이 울렸다. 낯선 번호로부터 전달된 메시지에는 주소 하나만 달랑 적혀있었다. 엄마는 뭐에 홀린 듯 이부자리에서 일어나 대뜸 옷장을 열었다. 검은 옷을 차려입은 엄마는 태연히 화장대 앞에 앉아 머리를 빗었다. 거울에 비친 엄마의 표정이 얼음장같이 차가웠다.

　"전주 가는 급행 두 장이요."

　매표소 직원은 손가락으로 빠르게 자판을 굴렸다. 콧잔등에 내려진 안경을 한 손으로 치켜올리곤 10분 뒤에 출발한다는 버스표 두 장을 엄마에게 건넸다. 급행이 없다면 그게 핑곗거리라도 되어서 군이 발걸음을 옮기지 않아도 되었을 텐데. 아버지의 고향인 전주를 왜 그렇게 서둘러 가는 건지 이해할 수 없었고, 더구나 엄마의 검은 옷이 여간 신경이 쓰이는 게 아니었다. 엄마는 급행 표를 한 손에 움켜쥐었고, 낯빛은 여전히 어두웠다. 오를까 말까. 버스 앞에서 머뭇거리는 사이에 내 뒤에 선 할아버지가 등을 톡톡 쳤다. "학생, 얼른 올라탑시다!"

　전주로 내려가는 버스 안에서 나는 꿈적도 하지 않고 창문만 바라봤다. 내 옆에 앉은 엄마는 창문을 쳐다보지도 않고 두 눈만 지그시 감았다. 바깥의 풍경은 제자리에 붙어서 늘어졌다가 줄어들었다. 치즈처럼 쭉 늘어나는 풍경들이 마치 요동치는 내 마음 같았다. 버스는 제시간보다 십 분 일찍 목적지에 데려다주었다. 굳이 서두를 필요는 없는데. 우리는 하차장 앞에 줄지어 있는 택시에 올라탔다.

"기사님, 덕진경찰서로 가주세요."

나는 엄마를 따라 택시에 올라탔다. 택시는 총알처럼 달렸다. 굳이 서두를 필요는 없는데. 도대체 어디를 향하는 건지 알 수 없는 여정에 의문이 들 때쯤 택시는 종착지를 알리고 미터기를 멈췄다.

건물 밖에서 기다리라던 엄마는 누군가를 대동하고 내가 서 있는 곳으로 다시 나왔다. 엄마와 함께 선 그는 자신을 김 형사라고 칭했다.

"한배수씨 따님이세요? 못 오실 줄 알았는데. 일단, 현장으로 같이 가시죠."

나는 엄마와 그를 따라서 차에 탔다. 무슨 차인지, 어디쯤인지 알 수 없었다. 그저 그 차를 타고 어딘지도 모르는 곳으로 가는 시간 동안 부쩍 침이 고이고 심장 박동이 빨라졌다. 내 몸의 신호에 집중하느라 그가 건네는 말은 하나도 들리지가 않았다.

"연지 학생? 제 말 들리나요?"

"아, 죄송해요. 잠시 딴 생각을 하느라."

"그래도 이렇게 보호자분과 와줘서 수월하게 사건을 마무리할 수 있게 되었다고요."

"…"

"그래도 한배수씨에게 가족분이 계셔서 정말 다행이에요."

나는 이해할 수 없는 질문에 어떤 대답도 할 수가 없었다.

"저도 근무한 지 오래된 건 아니지만, 이런 사건들이 종종 생기거든요. 그중에서도 고독사가 제일 마음 아파요. 대부분은 연지 학생과 어머님처럼 찾아오시는 가족들도 거의 없고요."

고독사 그리고 한배수. 엄마의 검은 옷을 연신 바라보며 귓속으로 들어오지 않는 두 단어가 자꾸만 마음을 흔들었다가 놓았다. 그러는 동안 나는 엄마에게 자꾸 시선이 갔다. 엄마는 여전히 내게 어떤 말도 하지 않았다. 나 또한 어떤 말도 엄마에게 건네고 싶지 않왔다. 그가 계속해서 말을 이었다.

"그래도 마지막 가시는 길 배웅해드리면 마음의 짐은 내려놓으실 거예요."

그의 말이 끝나자마자 어느 골목길 앞에 차가 멈춰섰다. 성인 두 사람이 거의 들어갈 정도로 좁디좁은 골목길 속으로 그를 따라 걸어들어갔다. 계단을 오르고 또 올랐고, 다시 좁은 골목길이 나왔다. 가는 길목마다 쓰레기들이 한 뭉치씩 쌓여 있었다.

"이쪽이에요."

그가 푸르스름하게 녹이 슨 대문을 지나쳐 어느 주택으로 들어섰다. 그 앞에서 팔짱을 끼고 인상을 찌푸리고 있는 어떤 여성에게 힐끗 시선을 주었고, 나는 다시 그의 뒤를 쫓았다. 건물의 모퉁이를 돌자마자 역한 냄새가 순식간에 코를 자극했다. 나는 코를 입으로 막으며 잠시 걸음을 멈췄다.

"여기예요. 한배수씨가 살던 집."

나는 어떤 말도 할 수가 없었다. 무엇보다 어떤 반응을 해야 될지 몰라서 그 자리에 덩그러니 서 있을 뿐이었다. 그때 집 마당에서 팔짱을 끼고 인상을 쓰던 여성이 성큼성큼 내 앞으로 걸어왔다.

"한배수씨랑 무슨 관계죠? 저는 여기 집주인이에요."

여성의 목소리는 나이가 제법 든 외모와 달리 카랑카랑했다. 나는 딸이라고 확신에 찬 목소리로 대답할 수가 없었다. 그건 엄마도 마찬가지였다. 잠시 머뭇거리던 엄마가 작은 목소리로 말했다.

"한때 가족이었어요."

"가족이 세상에 어떻게 이럴 수가 있어요?"

나는 다짜고짜 따지듯 묻는 여성을 빤히 쳐다봤다.

"생사라도 하루 빨리 확인했으면, 이렇게 집이 난장판이 되지는 않았잖아요. 얼마나 됐는지 부패되어서 하루 종일 문을 열어놔도 악취가 사라지질 않는다고요."

윽박을 지르던 그녀가 이마에 핏대를 더 줄기차게 세웠다.

"이런 일이 생기면 집주인이 가장 피해를 입는다고요. 내말은 어쨌거나 특수 청소하는 사람들 불렀으니까 나오는 비용은 가족들이 알아서 마무리하세요."

그때 옆에 서 있던 김 형사가 나섰다.

"애써 여기까지 내려오셨는데, 그만하시죠!"

"아니, 울화통이 터져서 그렇죠. 나도 엄연히 피해자라고요."

대뜸 엄마가 그녀를 향해 몸을 돌렸다. 그리곤 나지막한 목소리로 말했다.

"남아 있는 사람의 몫은 다 할 거예요. 그러려고 여기 온 거예요."

"아니, 뭐. 당연히 그래야죠. 그나저나 저 양반, 마지막 길에 배웅이라도 받아서 다행이네. 쯧쯧, 불쌍한 사람 같으니라고."

그녀는 혀를 차면서 집 안에서 청소를 하는 인부를 큰 소리로 불러세웠다. 그리곤 내 어깨를 톡톡 치면서 말했다.

"여기, 이 사람들이 가족이에요. 나 말고 이 사람들한테 비용 청구하세요. 근데 선생님, 악취는 언제쯤 빠질까요? 못해도 다음 주까진 바로 사람 받아야 되는데."

그녀는 말이 끝나기가 무섭게 종종걸음으로 위층으로 향하는 계단을 성큼 올라갔다. 그때 김 형사가 우리를 향해 말했다.

"참, 집주인들이란! 너무 신경 쓰지 말아요."

모든 집이 그렇다. 헌 주인이 나가면 새 주인을 맞아야 하고, 전 사람이 살던 흔적 따위는 추호도 비쳐선 안 된다. 집이야말로 주인을 따라 바뀌는 처지가 비참할 만도 했다. 마침 정수리 부근으로 알 수 없는 감각이 전해졌다. 정확히 말하자면, 귀 뒤쪽으로 열선이 쭉 당겨오르는 느낌이었다. 그리곤 머리 한가운데에서 용암이 들끓는 듯 순식간에 뜨거워졌다. '아닐 거야. 아닐 거야.' 현실이 아니라고 부정하고 싶었다. 그러나 부정한들 본질은 변하지 않는다는 사실을 그 순간 알아차렸다. 아버지는 어쩔 수 없이 피를 나눈 내 가족이라는 사실을, 어떻게 해도 결국 외면할 수 없다는 것을. 나는 정수리의 열기를 혼자서 가만히 식혀내야 했다. 아무도 모르게 이리저리 찬바람을 쐬면서 그렇게 끓어오른 그곳을 가라앉혔다. 황망해진 얼굴도 제자리로 돌리고 싶었다.

저편에서 그가 터벅터벅 엄마를 향해 걸어왔다. 바지 주머니에 손을 넣어 명함 하나를 건넸다.

"일단 여기 정리하시고, 이쪽으로 건너가시면 됩니다."

그가 전한 명함에는 장미승화원이라는 곳의 주소가 적혀 있었다. 꼬깃꼬깃하게 주름진 네모난 명함을 받아든 엄마는 아무런 말이 없었다.

"가시기 전에 마지막 인사는 하고 가시는 게 좋지 않겠어요. 이렇게라도 배웅해드리면 아마 고 한배수씨도 무척이나 감사해할 거예요."

"그런 감사는 추호도 받고 싶지 않군요."

"불편하시면 시에서 위탁한 화장대행업체가 있으니 그렇게 진행하셔도 돼요. 그래도 여기까지 오셨으니 마지막 인사는 하고 가시는 게 좋을 것 같아서."

그의 대답에 엄마가 그만 한숨을 쉬었다.

"죽는 것도 참 힘든 세상이네요. 대체 남은 자는 무슨 죄죠?"

엄마는 아버지에게 따질 말을 그에게 뱉어내버린 것 같았다. 어디에라도 쏟아내고 싶었던 말이 하필이면 그 사람인 것만 같았다. 엄마는 말하자마자 곧장 고개를 가로저었다.

"아, 죄송해요. 도와주시려고 여기까지 오셨는데."

"이해해요. 어머님. 저도 이런 일 겪고 나면 삶이 참

허망할 때가 많아요. 삶이 이렇게나 허망한데 죽음까지 허망하면 너무 슬프지 않을까요?"

그의 말에 엄마의 고개가 절로 굽어졌다. 그렇지만 나는 엄마와 다른 마음이었다. 슬픔보다 분노가 너무 컸다. 그 분노를 떼어놓지 않는 이상 영원히 아버지를 측은한 눈으로 바라볼 수 없을 것만 같았다.

그럼에도 답답해서 견딜 수가 없었다. 아버지가 살았던 삶은 내겐 이해할 수 없는, 이해되지 않는 미지의 인생일 뿐이었다. 나는 생각을 멈추고 몇 걸음 옮겨 이끼가 낀 담벼락에 시선을 두었다. 그리곤 묵혔던 한숨을 싸그리 토해냈다.

'차라리 아무도 모르게 그냥 혼자 가지 그랬어.'

자꾸만 억울함이 새었다. 내게 자식이라는 의무가 여전하다는 게, 한번도 책임이란 걸 진 적 없이 생을 마친 그에게 배신감만 더욱 깊어져갔다.

'윽, 뭐야, 이거.'

그 순간 목구멍과 두 눈에서 울컥 하는 뜨거운 느낌이 났다. 이건 어쩌면 외면해버린 그를 향한 마지막 배려인 것만 같았다.

"가족분, 이쪽으로 와보시죠."

땅 아래 분진이 피어나는 집 안에서 어떤 남자의 목소리가 울려퍼졌다.

김 형사는 이미 집 안을 훑고 나온 모양이었다. 나는 무거운 발을 이끌고 문 앞으로 천천히 다가갔다. 그가 집 안으로 들어가보라며 팔을 뻗자 나는 한 발짝 뒤로 물러서고 말았다. 내가 아버지의 공간으로 들어간다면, 그간의 원망과 감정들이 손도 쓸 수 없이 터져나올 것만 같았다. 나는 겁이 났다. 내가 뒷걸음질치는 동안에 그 안에선 건장한 성인 남자 둘이 청소를 하느라 먼지가 자욱하게 올라왔다. 먼지 더미를 뚫고 쏟아져나오는 쓰레기들도 수북이 쌓여갔다. 절망스럽고 한탄스러웠던 삶의 흔적들이 곧장 쓰레기로 전락되는 순간이었다. 그 속으로 아버지의 애석함과 치열함도 비릿하게 뒤엉키고 있었다. 나는 눈에 밟히는 모든 것들을 마음에 담기로 했다. 내가 할 수 있는 아버지를 위한 가장 친절한 배려였다. 그 안의 악취가 견디기 힘들면서도 가슴은 자꾸만 저릿해졌다. 눈앞에 펼쳐지는 모든 광경들이 내 안으로 들어와 자꾸만 인이 되어 박히는 탓에 더는 그 앞에 서 있을 수가 없었다. 나는 조금 거리를 두려고 공간을 빠져나왔다. 그리곤 한눈에 들어오는 그 집의 전경을 껌뻑거리는 눈으로 다시 바라봤다. 제법 층고가 높은 그 이층집은 사방이 희끄무레한 색으로 칠해져 있었다. 새것처럼 보이려고 칠을 한 것 같았는데 녹슨 대문과 창문 탓에 어색함 만 튀었다. 정면으로 대칭된 1층과 2층의 커다란 창문 에는 창살이 촘촘히 세워져 있었고, 고동색의 철제 대 문은 굳게 닫혀 있었다. 때문에 집을 휘감는 공기마저 서늘했다. 나는 고개를 돌려 옆집을 두루뭉술하게 흘 겨보았다. 각기 다른 색의 페인트칠을 한 2층 주택들 이 즐비해 있었지만, 유독 이곳만 햇빛이 가려져 음침 한 기운이 물씬 났다. 빛을 보지 못한 하얀색은 어떤 어두운 색보다도 더욱 차가움이 감돈다는 걸 나는 그 제야 알았다. 그 차디찬 집에서는 평범한 집들과 사뭇 다르게 유독 하얀 분진만 계속해서 뿜어져나왔다.

장미승화원이라는 간판이 보이자마자 택시는 멈춰 섰다. 택시 옆으로는 제법 몸집이 큰 검은색 차들이 줄지어 서 있었다. 나는 멀뚱히 그 광경을 바라봤다. 외딴 세계에 툭 떨어진 사람처럼 좀체 적응이 안 됐다. 그리고 몇 분 지나지 않아 차들이 한 줄로 줄지어 선 이유를 단번에 알 수 있었다. 죽음에도 순서가 있다는 걸 알게 된 순간 온몸의 기운이 쭉 빠져나가는 느낌이었다. 그러고 보니 크고 반짝거리는 검은색 차 안에는 여러 명의 슬픈 얼굴이 채워져 있었는데, 초라하고 때 묻은 검은 차 안에서는 어떤 얼굴도 찾아볼 수 없었다. 화장터 입구에서 잠시 멈춘 검은 차들은 그제야 문이 열렸고, 기다란 관이 여러 손에 의해 들려졌다. 차의 외관과 관의 형상만으로도 죽은 자의 명성과 재산이 한눈에 그려졌다. 차에서 내리는 사람의 숫자와 곡소리도 그것에 꼭 맞게 비례했다. 죽어서도 가진 자와 가지지 못한 자는 절대 넘을 수 없는 평행선을 달리는 듯했다. 끝나지 않는 불행의 고리가 죽어서도 계속된다니, 이보다 더 끔찍한 시련이 또 있을까. 좀 전에 엄마와 대화를 나눈 택시기사의 말이 귓등을 스쳤다.

"사는 것도 중요하지만 죽는 것도 중요하지요. 누군 지는 몰라도 가시는 길 잘 보내주시오. 저 생에서도 망자는 돈 때문에 슬퍼합니다."

나는 죽음으로 가는 길목에서 어떤 표정도 지을 수 가 없었다. 슬프거나 놀랍거나 황망하거나 하는 일말 의 어떤 느낌도 가질 수가 없었다. 줄지어진 망자의 관 앞에서는 살아 있는 감정도 사치인 것만 같았다. 그때 저만치서 누군가 엄마의 이름을 불렀다.

"윤시내씨! 여기예요."

엄마는 자신의 이름을 부르는 여인을 보자마자 멈 칫했다. 그러고서 걸음을 재촉하며 여인의 뒤를 따라 갔다. 나는 그런 엄마를 멀찍이 거리를 두면서도 시야 에서 놓치지 않았다. 얼마 가지 않아 여인이 손가락으 로 무엇을 가리켰고, 나는 눈으로 그 손가락을 쫓아갔 다. 전광판이 껌뻑거리더니, 번뜩 빨간 등이 켜지면서 익숙한 이름이 순식간에 떠올랐다.

'고인 한배수'

나는 두 눈을 비비며 다시 전광판을 들여다봤다. 아

버지의 이름 세 글자가 또렷이 화장터 입구에 싸늘히 적혀 있었다.

"한배수 때문에 다시 이렇게 만났네."

여인의 카랑한 목소리가 적막한 기운을 깨트렸다. 엄마는 목이 메어 차마 말을 잇지 못하는 듯했다. 여인이 다시 말했다.

"이럴 줄 알았으면, 우리 집에 있을 때 좀 더 잘해줄걸. 이렇게 금방 갈 줄 누가 알았겠어."

"그게 무슨 말이에요?"

엄마의 목소리가 미세하게 떨렸다. 여인이 가방에서 담배를 꺼내 입에 물었다.

"몰랐구나? 성희 엄마. 우리 다시 합쳤었어."

한동안 둘 사이에 적막이 흘렀고, 엄마가 이윽고 말을 꺼냈다.

"계속 산에 계시든가, 아니면 다른 좋은 사람 만나시지 왜 다시 한배수였어요? 대체 왜?"

마치 묵혀놓은 말처럼 속사포처럼 쏟아낸 엄마의 말에 여인이 담배 연기를 거칠게 내뿜었다.

"세상에 마음처럼 되는 게 어디 있어, 하물며 어디로

튈지 모르는 게 사람 마음 아닌가?"

여인의 눈빛이 날카롭게 엄마로 향하고 있었다.

"그러는 성희 엄마는 왜 하필 한배수였어? 그때 나 겨우 마흔 살이었는데, 이혼당해서 혼자되기엔 너무 어린 나이였다고."

그녀가 담배를 끄며 말을 이었다.

"성희 엄마한텐 미안한 말이지만 나도 그 사람이 그리웠고, 그 사람도 내가 그리웠어. 끈질기고도 더러운 운명인 거지 이런 게. 근데 인연이란 게, 한번 끊어지면 다시 붙질 않아. 깨진 그릇처럼."

"하…."

엄마의 한숨에는 온갖 서러움과 원망이 가득 차 있었다.

"난 그저 지나가는 바람일 줄 알고, 끝까지 가족을 지켰는데…."

엄마의 목소리가 힘없이 작아졌다. 그때 여인이 호탕하게 웃어 젖혔다.

"성희 엄마! 참 애썼어. 그런데 나도 그땐 그런 마음이었어. 그런데 살아보니까 사람한테는 희망도 기대도 거는 게 아니더라고."

"그래요! 나 한배수한테는 희망을 걸었고, 당신한텐 믿음을 걸었어요. 내 가족을 흔들어놓지 않을 거란 믿음 말이에요. 그게 무모하고 어리석은 기대인 줄도 모르고."

나는 두 사람이 서 있는 공간에서 모서리진 벽을 둔 채 딱 한 걸음 떨어져서 우두커니 서 있었다. 그러다 갑자기 가슴이 답답해지고 머리가 지끈거리기 시작했다. 찌릿한 고통이 정수리를 통해 온몸으로 전기처럼 퍼져나갔다. 그때 머릿속에 안개가 끼듯이 마주했던 장면들이 뿌옇게 흩어졌다. 마치 십 년 전 터널 하우스에 처음 들어갔던 날처럼, 나는 바닥에 철퍼덕 주저앉았고 버틸 새도 없이 머리를 바닥에 쿵 찧었다. 촘촘한 발걸음 소리가 들리더니 엄마의 목소리가 메아리처럼 귓바퀴를 타고 돌았다.

"연지야! 한연지!"

그 순간, 눈꺼풀에서 뜨거운 느낌이 났다. 그러자 굵은 눈물이 양쪽 눈 사이를 비집고 흘러내렸다.

그곳에 다녀와서는 누구도 아버지에 관한 이야기를

하지 않았다. 암묵적인 약속처럼, 가슴에 꽁꽁 숨겨놓자는 것처럼 우리 모녀는 그렇게 행동했다. 그러는 동안 분명 울음을 흘려보낸 적도 없는데 이상하게 진탕 울고 난 것처럼 날마다 온몸에 힘이 빠져 너덜거렸다. 그리고 그날 밤엔 현관 벨이 세차게 울렸다.

"끝까지 버티겠다 이거지? 내 집에서 당장 나가지 못해!"

며칠 전만 해도 집주인이 가고 나면 별일 아니라며 무릎을 딛고 엉덩이를 힘들게 들어올리던 엄마였다. 그러나 그날은 달랐다. 돈의 숫자가 바닥이 나는 날만큼은 세고 있었는지 엄마는 내 눈을 바라보면서도 검지를 단 한번도 들어올리지 않았다. 집주인의 발걸음이 멀어지자 엄마는 곧장 누군가에게 전화를 걸었다.

"저 성희 엄마에요. 집 주소 보내주세요. 이왕이면 햇볕도 잘 들고 바람도 잘 통하는 방으로 비워주시고요."

엄마는 전화를 끊고서 우리를 번갈아 바라봤다.

"연지야, 성희야. 짐 싸자."

엄마는 의자 위로 올라가 천장 위의 크고 낡은 검은 가방을 힘겹게 꺼냈다. 바닥으로 내동댕이쳐진 가방은 금세 엄마의 손에 잡혀 이리저리 끌려다녔다. 머리카락이 잔뜩 낀 작은 바퀴 두 개가 덜덜덜 소리와 함께 바닥에 선을 그으며 다녔다. 엄마는 찬장에 있는 이가 빠진 그릇들도 바닥으로 옮겨놓았다. 나는 내 짐을 다 쌓고서 신문지를 꺼내와 바닥에 놓인 그릇을 조심히 쌌다. 무늬 없이 새하얗고 투박한 그릇들이었다. 그중에는 한눈에 봐도 쩍 하고 금이 간 그릇들도 보였다.

"엄마, 이건 완전히 금이 갔는데? 버릴까?"

"아직 깨지지도 않았는데 왜 버려."

엄마는 나의 한 손에 들고 있던 그릇을 가로채 신문지로 돌돌 말아 가방에 넣었다. 마치 아무것도 보지 않았다는 듯이.

'쨍그랑'

그때 순식간에 나의 다른 손에 들린 그릇이 바닥으로 떨어졌다. 그릇은 바닥에 부딪히자마자 금이 간 모양대로 쩍 하고 갈라졌다. 두 동강이 난 그릇을 바라보며 엄마의 얼굴이 순식간에 붉어졌다.

"조심 좀 하지! 아이고, 아까워라."

엄마는 그릇에 뺏긴 시선을 내게로 옮기며 다시 말

했다.

"넌 안 다쳤니?"

"으응, 괜찮아."

엄마의 미간이 다시 찌푸려지기 시작했다.

"도울 거면 제대로 돕든가, 넌 만날 조심성이 없어!"

엄마는 내게 가만히 있으라면서 신발장 앞으로 걸어 갔다. 그 안에서 빗자루와 쓰레받기를 꺼내왔다.

"조심했는데 손이 미끄러웠어, 아니, 갑자기 손에 힘 이 빠져서 그런 것 같기도 하고."

그렇게 말한 내 손은 바짝 말라서 힘이 잔뜩 들어가 있었다. 나는 애써 손가락이 풀린 것처럼 손을 쥐락펴 락하는 시늉을 했다. 내 손은 그렇게 누명을 쓰고서 도 뽀얀 솜털이 하얗게 드러나 있었다.

깨진 그릇들의 잔해가 쓰레기통으로 후루룩 쏟아지 자 나도 모르게 입꼬리가 치켜올라갔다. 그러자 나는 아무도 눈치 채지 못하게 잽싸게 얼굴을 돌렸다.

순식간에 우리 집의 별 것 없는 살림살이는 납작하 게 볼품없던 검은 가방 안으로 차곡차곡 들어갔다. 그 것은 마치 부풀어진 복어처럼 금방이라도 터질 듯한 모양새였다.

　우리는 각자 가방 하나씩을 들고 캄캄한 터널 하우스를 빠져나왔다. 걸어가는 내내 자꾸만 어둠이 우리 뒤로 밀려갔다. 터널 하우스를 벗어날수록 점점 시야가 환해졌고, 어느새 우리는 쨍하고 눈부신 태양을 마주했다.

　"언니. 팔… 팔 좀 봐… 엄… 청… 엄청 하얗다…."

　"어라? 그런데 네 팔도 나처럼 하얘."

　성희와 나는 서로의 팔을 앞으로 내밀며 견주고 있었다. 서로가 서로의 팔이 훨씬 하얗다고 우기고 또 우겼다. 그때 엄마가 반으로 접은 하얀 종이를 내게 내밀었다. 우리는 말을 멈추고 내밀던 손을 천천히 내렸다.

　"연지야, 이거 받아. 넌 거기 안에 적힌 주소로 가면 돼."

　나는 마지못해 종이를 받았지만 펼쳐보기는 죽어도

싫었다. 끝까지 손으로 움켜쥘 뿐이었다.

"어… 엄마, 언니는 외… 외할머니 집에 가… 같이 안 가는 거야?"

엄마는 성희의 물음에 아무런 대답도 하지 않았다. 대신 따가운 햇살 탓에 눈이 시려서 자주 눈을 껌뻑이는 것 같았고, 그런 엄마의 두 눈은 빨갛게 충혈되어 있었다. 그들은 곧장 몸을 돌려 나를 등지고 걸어갔다. 엄마 손에 이끌려 따라가는 성희만 자꾸 뒤를 돌아보며 내게 손을 흔들어댔다.

나는 버스를 두 번이나 갈아타고 내린 곳에 서서 주위를 두루뭉술하게 흘겨보았다. 지나가는 사람도 없어서 한참을 종이와 대문을 번갈아 보며 방황했다. 다행히 어느 골목길에 다다르자 종이에 적힌 것과 앞자리가 같은 주소로 시작되고 있었다. 찾고 있던 집은 그 골목에서 세 번째 집이었다. 그곳은 즐비한 주택들 사이에서 한가운데에 위치했고, 한눈에도 여느 집과는 다른 분위기를 자아냈다. 각기 형형색색의 벽돌로 된 단독주택들 사이에서 그 집만 유난히 외딴집 같아 보였다. 특별한 색 없이 온통 흰색 페인트칠로 도배된 그 집은 마치 아버지가 살았던 마지막 집과 비슷해 보이는 외관이었다. 나는 손에 든 종이를 구겨서 주머니에 넣고 그 집 앞에 우두커니 섰다. 그러면서도 밝고 따뜻한 기운이 드는 옆집에 시선이 갔다. 한참을 망설이다가 초인종을 지그시 눌렀다. 그날따라 유독 하얀 한숨이 쉴 새 없이 입에서 뿜어져 나왔다.

"어서 와. 네 나이가 올해 몇이지?"

"17살이요."

"벌써? 다 컸네. 어릴 때에는 볼도 통통하니 정말 귀여웠는데."

여인은 현관 앞에서 한 손에 가방을 들고 목각인형처럼 서 있는 내게 손을 뻗었다.

"저기 저쪽 방 보이지?"

여인이 가리키는 곳으로 시선이 따라갔다.

"네가 지낼 방이야."

거실을 가로질러 걷는 사이, 구석진 곳에 쌓아놓은 옷더미가 보였다. 한눈에 보아도 당장 버려질 것들이었고, 왜인지 어색한 듯 익숙한 기운이 느껴졌다. 자욱한 옷더미 속으로 왠지 아버지의 체취가 익숙하게 새어나오는 것 같았다. 나는 못 본 척 서둘러 그 방으로 발걸음을 옮겼다.

　창문이 많은 여인의 집은 어떻게든 햇살이 비집고 들어오려고 안간힘을 썼지만, 집안은 그다지 환하지 않았다. 더구나 내 방은 창문이 완전히 닫혀 있었는데도 시린 바람이 자꾸 새어나와 살결을 파고들었다. 그 안의 서먹한 공기들조차 매섭게만 느껴졌다. 끼익, 의자를 뒤로 빼고 앉았다. 앞에 놓인 책상 위로 먼지가 수북이 쌓여 있었고, 손가락으로 한가운데에 긴 선을 그었다. 오른손 검지 끝으로 희끗한 먼지들이 묻어났다. 그 손가락에 후 하고 입김을 불자 하얀 먼지와 숨결이 사방으로 흩어졌다.
　그때 주방에서는 그릇 부딪히는 소리가 요란하게 들리기 시작했다. 여인은 곧장 나를 불러 식탁의 자리를 지정해주었고, 빈 그릇에 밥을 듬뿍 담아 내 앞으로 놓았다. 그릇 위로 뿌연 김이 공기 중으로 흩어졌다.

나는 무슨 맛인지도 모르는 흰밥을 꾸역꾸역 입 속으로 넣었다. 그리고 밥을 먹고 있는 내내 자꾸만 그녀의 손에 눈길이 갔다. 젓가락을 쥐고 반찬 위를 이리저리 오가는 그녀의 엄지손가락이 유난히 뭉툭해 보여서 그랬다. 마침 수저를 들고 있는 나의 엄지도 여인과 똑같은 우렁 손톱이었다.

나는 해가 질 때쯤 문을 열고 밖으로 나왔다. 꽃노을이 지고 있어선지 주홍빛과 분홍빛이 하늘 위로 펼쳐져 장관을 이뤘다. 살면서 이렇게 예쁜 노을을 본 적이 없었다. 이렇게나 아름다운 순간을 엄마는 보고 있을까, 성희도 그러할까.

한겨울의 바깥 공기는 손끝이 시릴 정도로 차가웠다. 금세 노을이 지고 달이 떠올랐고, 가로등마저 줄지어져 집 앞의 골목길은 환하게 빛이 났다. 그럼에도 여인의 집만 푸른 밤이 깊게 드리워져 있었다.

'깍, 깍' 그때 까마귀가 하늘을 날았다. 까마귀는 푸른 밤하늘 위로 까만 날개를 펼치며 어둠을 휘젓고 다녔다. 휘젓고 또 휘저어도 어둠은 절대 물러나지 않았다. 줄지어진 가로등 주위로는 작은 날벌레들이 떼를 지어 웅성거렸다. 빛을 주워 먹어도 여전히 빛나지 않는 그것들을 뒤로 하고서, 나는 다시 희뜩 하게 보이는 집 앞으로 몸을 돌렸다. '안보연' 대문에 걸린 문패에는 여인의 이름과 함께 만자(卍)가 흐릿하 게 새겨져 있었다.

벌써 내가 마흔이라니. 마흔의 선에 가닿은 심정은
착잡하지만 한편으론 잠잠하다. 풀린 다리를 끌고 하
산하는, 멍하고 기운 빠진 등산객 같기도 하다. 마흔
은 내게 그저 먹먹한 나이였다. 서른아홉 살보다는 훨
씬 무겁고 중년보다는 훨씬 담담한 느낌이었다. 그렇
다고 애써 부정한들 마흔을 비켜설 방법도 찾지 못했
다. 밀어내고 등을 돌려도 시간을 거스를 수 있는 것
은 내 능력 밖의 일이다. 선잠이 든 방 안에서 빛을 막
아보려 사방으로 블라인드를 쳐도, 밖으로는 햇살이
내리쬐고 온기가 전해지듯 나이의 흐름도 그러하다.

젊음을 내 고집으로 잔뜩 움켜쥔들 마흔은 아무렇지 않게 내게로 찾아왔다. 그러니 어쩌겠는가. 차라리 흐름을 맞이해야지. 찬란히 마흔을 움켜내야지.

살다 보면 나에게만큼은 일어나지 않을 것 같은 순간들이 있다. 남 일이라고 터부시하고 눈을 흘긴 숱한 것들이 살다 보면 불현듯 내게로 찾아오기 마련이다. 그러니 나에게만 일어나지 않는 일이란 건 세상에 없다. 나이가 드는 일도 그러하다. 내게는 노화와 어울리는 구석이 한 군데도 없는데, 어느새 마흔이라는 나이가 내 앞에 턱하니 찾아왔다. 역시나 나만 비켜가는 일 따위는 이 세상에 없었다.

그렇다 보니 누구에게나 마흔의 유랑은 고독하고도 심오하다. 거대한 파도나 불꽃 따위도 마흔과는 어울리지 않는다. 마흔은 한 면이 꽉 채워진 인생의 앞장을 넘겨야 할 때라서 사뭇 다른 자세가 필요하다. 새로이 기록될 인생의 뒷장을 시작할 때이니 위태로워도 일단 뜨겁게 달아올라야 한다. 마흔의 온도는 체온을 비켜선 40도 언저리 어디쯤이 분명하다.

혼히 맛을 보아야 맛을 알고 고통을 겪어야 그 고통을 아는 법이다. 마흔도 마찬가지다. 마흔을 거쳐야 비로소 인생의 전체적인 형상이 짐작되는 법이다. 그렇게 마흔이 된 어느 날, 나는 어떤 계획이나 다짐도 줄지어 적지 않았다. 두터운 새해의 다짐은 며칠 가지도 않아 너덜너덜해지는 게 일상이었지만 꼭 그 때문만은 아니었다. 마흔에는 내가 걸어온 길을 돌아보고, 앞을 관망하는 머뭇거림의 시간이 필요한 때라서 그러했다. 거대한 파도가 나를 집어삼키듯 불혹의 나이가 나의 전부를 집어삼키는 것만 같았다. 아무리 완벽한 준비가 되어 있어도 자연의 이치 앞에서는 누구나 제정신을 차리기 힘든 법이다. 그러나 파도를 맞으면 눈을 비비고, 하얀 거품이 이는 곳에서 두 발을 멀찌감치 떼어내면 된다. 마흔을 맞는 것도 그것과 다르지 않다. 세월의 파도를 맞아서 홀딱 젖어도 두 눈은 다시 떠질 것이고, 역경에서 벗어나는 방법도 자연스레 얼추 터득하게 된다. 그게 마흔의 힘이다. 아무리 젖은들, 한발 한발 태양을 머금고 나아가다 보면 다시 가벼워지기 마련이다. 그러고 보니 마흔이 지난 지 한

참인데, 외려 마음은 연초보다 훨씬 가벼워졌다. 그러니 마흔이라고 화들짝 놀라지 않아도 된다. 무거운 나이의 짐을 떠안지 않아도 된다. 나이가 드는 건 조금 더 깊은 물속에 발을 내딛고 헤쳐나가는 것과 같다. 젖어버린 다리가 한 뼘 더 젖는다고 슬퍼할 이유가 없다. 다만 아직 젖지 않은 두 팔이, 보이지 않는 두 다리가 안타까울 뿐이다. 그 마음을 슬기롭게 달래주는 일이야말로 호기롭게 마흔을 지내는 자세다.

모래알이 끝없이 펼쳐진 해변을 거닐다 보면 햇살에 반짝 하고 빛나는 작은 모래 알갱이들이 있다. 진짜 보석 같기도 하고 아니기도 한 모래알을 당신은 본 적이 있는가. 보석이라고 여기면 보석일 것이고 모래알이라고 여기면 단지 모래알일 것이다. 그것처럼 마흔의 모래사장을 펼쳐낸 이 책에서도 이따금씩 보석 같은 모래알을 마주하게 될 것이다. 딱 그만큼 마흔의 모래알이 보석의 빛이란 걸 알게 된다면, 앞으로의 40대가 눈부시게 빛날 것은 자명한 일이다. 이 책을 펼친 당신에게도 한낱 모래알이 휘황한 보석으로 보이는 순간들이 온통 스며 있을 것이다. 이 시대 마흔을 살아가는 우리들에게 이 글을 전하면서, 빈 잔 가득 와인을 따라 건배를 건네고 싶다. cheers!

마흔의 온도로 당신의 삶을 뜨겁게 데우고 싶은
12월의 어느 밤에
이다루

마흔 살의
9가지 이야기

1.

마흔의 아침

조금 이른, 어제보다 더 이른 아침이다. 마흔의 아침
은 그렇게 서둘러 시작되어야 한다. 부쩍 내 시간만
후루룩 스쳐가는 느낌이라서 그렇다. 그러고 보니 마
흔의 시간은 매정하다. 머무르며 간구하지 않고 그냥
제 갈 길을 간다. 어떠한 아량이나 이타심도 없다. 시
간을 붙들어 담합할 생각일랑 접어두어야만 한다. 밤
마다 머리맡에 놓인 알람시계를 반대 방향으로 한 바
퀴 더 돌리는 일은 마흔의 의무인 것이다.

삼십 대보다 부지런한 아침을 맞는 일은 마흔의 방
춘(芳春)을 위함이기도 하다. 흔히들 마흔은 지는 꽃이
라고 했던가. 꽃은 생명이 다할 때까지 해마다 피어나

는 것이다. 또 절마다 피어나는 꽃도 더러 있다. 그리하여 부단히 꽃피우려고 애쓰는 생명력으로 제 기운을 봄으로 만들어버린다. 그런 생명력이야말로 반드시 필요한 마흔의 덕목이다.

우리도 애쓰고 가꿔야지만 봄과 같은 매일을 만들수가 있다. 어려서는 애쓰지 않아도 날마다 봄이겠지만, 마흔이 되면 가꿔야지만 봄이 된다. 구석구석 온곳에 손이 닿아 흩어진 것을 일구고 다지면 몸과 마음이 그 정성만큼 발하게 된다. 그래서 부지런한 마흔을 지내면 웬만한 것들이 바로 서게 된다.

나이만 그러할까. 지려는 피부도 그렇고 깔아지는 육신도 그렇다. 그리 대단한 정성까지는 아니더라도 가꾸고 돌보면 봄기운을 제대로 만끽할 수 있다. 그러려면 시간이 곱절로 필요하다. 그래서 젊음보다 아침을 서둘러 맞아야 하는 이유이다.

어느 날 잠자리에서 일어나 거울을 마주했다. 자는 틈에 새겨진 훈장처럼 얼굴에 장대같이 기다란 자국이 자랐다. 그것은 베개의 무늬와 매우 흡사했다. 또 그것은 길고도 긴 시간동안 내 뺨 언저리에서 사라질 줄을 몰랐다. 흔적이 곧 분신인 것만 같은 착각이 드니 마흔에는 내게 찾아온 모든 것들이 오래도록 머무는 시간이구나 생각했다. 그건 아마도 스쳐가는 가벼움이 아니라 머물러 존재하게 하는, 품이 넓은 나이이기 때문이다. 그래선지 매일 아침의 흔적이 마냥 얄밉지만은 않다.

어느 날부턴가 해가 들지 않는 새벽녘 공기가 설레고 달큰하게 창문 틈을 기웃거렸다. 그 틈을 열고 고요한 곳에서 숨을 마시고, 다시 숨을 퍼트리는 건 뜨거운 일이다. 새벽이야말로 나의 존재를 확실히 느낄 수 있는 시간이다. 새벽은 확실히 기운도 차다. 아직도 여러 것들이 생명의 숨으로 달궈지지 않아서다. 그 시간을 가장 먼저 내 숨으로 퍼트리며 기운을 데우기 시작하면 서서히 어스름이 걷히고 광명이 든다. 마치 나로 인해 세상이 온전해지는 것 같아서 내 기운도 불끈 솟아난다. 그러니 마흔부터는 이러한 책임감으로 매일을 활기차게 시작해야만 한다.

2.
마흔의 정의

　마흔은 쓰는 나이다. 한 줄로 쓰이는 나이다. 해야
할 일들을 체크리스트에 적거나 알림으로 설정해놓아
야 제대로 기억할 수 있는 때의 시작이라서 그렇다.

　마흔에는 분명한 것과 분명하지 않은 것들이 선명해
진다. 그래서 나의 일은 명료하게 쓰이고 나의 사랑 또
한 지체되지 않는다. 또 사방으로 복잡하게 뻗어가던
인간관계가 한 축으로 정리되기도 한다. 덕분에 마흔
의 나는 딱 한마디로 '어떤 사람'이 된다. 나는 누구인
가? 스스로 그 답을 알지 못한다면, 당장 주위의 말에
귀를 기울이면 된다.

　주의: 한마디로 축약된 마흔의 나에 대한 정의가 조
금 어색할지도 모르는 건 안 비밀.

3.
마흔의 지각변동

마흔이 되면 온갖 것들에 대한 의미가 재정립된다. 전에 알던 그가 아니고, 전에 알던 그녀가 아니다. 꿈도 그렇고 생각도 그렇다. 지진이 나서 땅이 갈라져 지층이 변화되는 지구의 변화처럼 인생도 마흔쯤에는 인생의 층이 변화된다. 그래서 마흔부터는 새로워진다. 다시 시작하기에 늦지 않은 나이다.

그런데 마흔부터 조심해야 할 단어가 있다. 바로 '늘'이라는 부사. 마흔은 반복되는 시간을 기약해서는 안 된다. 늘 그 자리, 늘 그 마음, 늘 그 사람… 마흔부터 이러한 '늘'은 깜짝 손님이 되어 찾아올 뿐이다. 더 이상 온 시간을 지켜주지 않는다. 당장 오늘만 하더라도 생각을 벗어나는 일들이 자주 생기지 않았던가. 그러니 아직은 잔잔한 마흔의 삶을 덤이라 여기자. 당연한 것이 아니라 기꺼이 얻는 것이라고 생각하자. 그러니 마흔의 삶은 지내는 게 아니라 기꺼이 누리는 것이다.

4.

마흔과 커피

쓰디쓴 커피를 언제부턴가 맛있다고 느껴왔다. 쌉싸름한 맛이 맛인 줄 몰랐을 때는 한 모금도 입에 대지 못한 적도 많았다.

쓴맛을 안다는 건 어쩌면 고통스러운 지점을 거쳤다는 사실인지도 모른다. 쓰디쓴 것들이 달디달게 느껴질 때는 이미 고통을 수용했다는 의미이다. 고통이 더 이상 고통이 아닌, 쓴맛이 더 이상 쓴맛이 아닌 건 이미 그 산을 넘어버린 것과 같다. 그래서 마흔은 커피 중독과 어울리는 나이다. 쓰고 아프고 고된 시간을 넘어와 커피의 향과 맛에 취해도 좋을 나이. 그래서일까, 커피는 달고 인생도 달게만 느껴진다.

5.
마흔에 보이는 흰 머리카락

늦은 밤, 남편의 다리를 베개 삼아 소파에 누웠다. 편안함에 취해 있을 때쯤 그가 나지막이 말을 건넸다. "당신 머리카락에서 빛나는 것 좀 뽑아줄까?" 잠시 후, 그의 손바닥 위로 흰 머리카락 두 가닥이 힘없이 축 늘어져 있었다.

나는 어려서 부모의 희끗한 머리카락을 보면서 나이 드는 것에 관하여 생각해본 적이 있었다. 늙어가는 건 불쌍한 일이라고, 점점 생기를 잃으며 지는 해 같다고 여겼다. 그래선지 흰 머리카락이 생긴다는 건 이젠 젊음이 없다고 분명한 선을 긋는 일이라고 여겼다. 그래서 그날 밤, 나는 뽑힌 흰 머리카락을 보며 울컥하는 마음을 달래야만 했다.

시간이 갈수록 점점 어쩌지 못하게 희끗함이 퍼질 때면 그때는 또한 어떤 기분일까. 지금처럼 젊음을 버리고 완숙함을 맞이하는 정도로 만족할 수 있을까. 늙어가는 내 모습을 있는 그대로 받아들일 수 있을까.

생각해보면 내가 맞는 마흔은 어려서 가늠했던 마흔의 나이와는 사뭇 다르다. 지금의 나는 여전히 푸릇한 생각이 넘치고 신체의 변화도 사실상 전과 달라지지도 않았다. 물론 조금 숨이 차고 어깻죽지가 쑤시고 이따금씩 아픈 곳이 있긴 해도. 그러고 보니 그것들은 자연적으로 소멸되거나 한시적인 것도 아니었다. 어제도 오늘도 아픈 곳은 계속 아프다. 다시 정정해야겠다. 마흔은 푸르렀던 젊음과는 조금 많이 다르다. 그러니 마흔에는 자라나고 있는 흰 머리카락을 외면해서는 안 되겠다.

마흔이 되면 마치 선 하나가 쭉 그어지는 기분이다. 이쪽과 저쪽이 극명하게 나뉘는 것만 같다. 꼭 넘나들 수 없는 시간대에 어쩔 수 없이 끌려온 것처럼 억울하고 아쉽기만 하다. 그럴 것이 미처 해보지 못한 것, 갖고 싶거나 누리고 싶던 것, 여전히 목마른 시도와 환상들이 저쪽 시간대에서 꿈틀대고 있어서다. 그러니 마흔에는 자라나고 있는 흰 머리카락을 외면해서는 안 된다. 더 이상 남들의 이목을 좇지 않고 오롯이 내가 느끼고 나만이 풍기는 체취를 따라가야 한다. 늙어가고 있다는 표징을 마주하는 게 즐거운 일은 아닐지라도 스스로 괜찮아져야 한다, 왜냐하면 마흔부터가 진짜 인생이기 때문이다.

6.
마흔에는 잊을 줄 알아야 한다

바라보면 마음이 힘들어지는 사람들이 있었다. 마주하면 뾰족한 가시 끝으로 내 마음을 사정없이 쪼아대는 사람, 어깨를 툭 치고 지나가거나 뒤에서 밀치는 사람도 있었다. 그런 일이 있고 난 후부터 나는 조금씩 변하기로 했다. 사람을 제대로 바라보지 않았고, 서둘러 물러나거나 쓸데없이 뒤를 돌아보기도 했다. 나는 피해의식을 가진 채 늘 방어적으로 살았다. 상처받는 것만큼이나 많이 고통스러운 건 없었으므로.

마흔이 되고, 마음의 상처에 새살이 돋아나 더 이상 고통스럽지 않을 때 나는 다시 사람을 바라보기로 했다. 물러서거나 뒤를 돌아보지 않고 그 자리에 서서 그렇게. 나의 시간은 마흔에 다 와서야 제법 넉넉한 마음을 내어주었다.

여전히 내겐 잘 알거나 혹은 잘 알지 못하는 사람들로부터 화살이 날아오거나 생각지 못한 가시에 찔리기도 한다. 그러나 상처가 아문 자리마다 단단한 살집이 생겨서 그런지 어느 것도 내 마음을 완벽히 뚫지 못한다. 이제는 그런 고통과 얼추 맞서도 괜찮기만 하다. 마치 괜찮지 않았던 지난날들을 지금에서야 보상받는 느낌이랄까. 마흔은 아팠던 모든 날들이 아프지 않을 앞날을 위해 환한 빛을 내어주는 나이다.

7.
마흔에 힘이 나는 것들

철분, 미네랄, 비타민 B, C, D… 손바닥에 한 움큼 올려 입안에 가득 머금는 약을 마흔이 되서부터 나는 매일같이 복용한다. 시금치, 미나리, 인삼, 더덕, 곤드레 등 몸에 좋은 나물도 듬뿍 무쳐 먹으면 힘이 불끈 솟는 것만 같다. 그러나 그게 꼭 그렇지만도 않다. 안타깝게도 마흔은 40도만큼 기울어진 항아리와도 같다. 물을 가득 채우면 기울어진 만큼 바닥으로 쏟아지기에 결코 전부를 가질 수 없다. 그러니 몸에 좋은 약을 한 움큼 먹는다거나 좋은 것으로만 속을 채웠다고 해서 완전한 건강을 바라서는 안 된다.

어느 땐 술기운을 빌어 힘을 내보기도 한다. 한 잔두 잔 반주 삼아 먹는 술잔은 늘 영롱하게 빛이 나서도저히 끊을 수가 없다. 그 옛날 아버지 또는 할아버지가 밥 한 수저에 술잔을 기울였던 모습이 마흔에는 이상하게 보이지 않는다. 이상하게만 여겨졌던 어른들의 행동들에 고개를 끄덕이게 되는 나이, 그게 마흔이다. 마흔이 되면 비로소 자신의 한계를 알게 된다. 힘을 내고 싶어도 예전만큼 힘을 낼 수 없는 에너지의 한계, 갈망해도 가질 수 없는 기회의 한계 같은 것들. 스스로의 한계를 아는 것은 어쩌면 기막히게 서글픈 일이다. 서글퍼져서 어제도 나는 찬장 안에 묵혀둔 반

주를 찾았다. 그리고 반주를 한 모금 들이키는 순간,
내 마음과 이 세상이 한껏 유해지기 시작했다.

8.
마흔과 예순

  마흔의 나는 예순을 넘은 엄마를 볼 때마다 공평하
지 않은 삶을 탓했다. 왜 엄마에겐 평범함이 그토록
힘이 드는 것인가. 엄마는 여전히 삶에 치여 허덕이며
사는 가여운 사람이다. 맹렬한 삶의 전투에서 늘 패배
를 맛보고도 다시 일어서는 사람이었고, 만신창이가
된 몸뚱이를 이끌어 부단히 애를 써야만 기어이 삶이
이어지는 사람이었다. 이제와 엄마의 눈만 봐도 나는
모든 걸 알 수 있다. 쌓여 있는 고통, 묵혀놓은 절망,
그 아픈 시간들을 켜켜이 견뎌낸 엄마의 눈빛은 감히
누구와도 대적하지 못한다. 그건 엄마의 필살기다.
  나는 절망과 고난 앞에서 때때로 주저앉아 울어버리

곤 했다. 타인과 다른 내 삶을 탓했고, 신을 원망했다. 무능하고 쓸데없는 삶이라고 업신여기기도 했다. 그게 바로 엄마와 나의 서로 다른 삶의 방식이었다. 삶에 대한 애착이 없는 내 삶은 바람에 쉬이 흔들리거나 무거운 비에 자주 짓눌렸다. 또 시련이 찾아올 때마다 울상을 짓거나 포효했다. 고맙지 않은 삶이 야속하게만 느껴지자 딱 그만큼 삶도 나를 그리 대했다.

그러나 삶의 애착이 있는 엄마는 나와는 달리 고난을 겪을수록 강해졌다. 삶은 위대하다고 애써 붙들어 그 자리를 지켜냈다. 그건 분명 삶을 대하는 올곧은 태도였다. 그런지 엄마의 삶은 무한히 위대하기만 하다.

생각해보면 내게 주어진 것을 업신여기기 시작하면 내 삶은 금세 하찮아지고 만다. 그게 제 과오인지도 모른 채 살아갈 뿐이다. 그와 달리 설령 주어진 게 티끌이라도 그걸 업적이라고 여기면 그 삶은 곧장 황홀해지고 만다. 함부로 날아가지도, 흩어지지도 않는다. 그게 바로 엄마가 고수한 삶의 방식이었다. 나는 마흔이 되고 나서야 엄마의 삶을 동경하고 싶어졌다. 엄마처럼 삶을 대하는 것이 일생의 목표가 되었다. 그러려면 단지 주어진 내 것들을 업신여기지 않겠다는 결심 하나면 되었다.

9.
마흔에 해야 할 일

　마흔에는 무엇을 해야 할까. 분명한 건 남의 이목을 좇으며 얻은 것들은 더 이상 가치가 남아 있지 않다. 남들과 어깨를 나란히 하며 우쭐해하는 기분도 더는 진한 감동으로 다가오지도 않는다. 그 순간, 나는 남편의 다리를 베개 삼아 베었다. 두 눈으로 드라마의 장면들이 숱하게 스쳐 지나갔다. 그날 밤을 새어서라도 마흔에 해야 할 일에 관한 정답을 찾으리라 다짐했건만, 두 눈은 껌뻑껌뻑 무겁게 내려앉고 말았다. 남편의 체온에 버무려진 살냄새는 밤마다 내 몸에 돋은 긴장을 와해시킨다. 나는 그 밤에도 내내 텔레비전을 보며 남편의 살 속에서 깊은 잠을 청했다. 나의 숨소리가 남편의 숨소리와 뒤엉켜질 즈음, 깜빡 잠이 깨서는 내 옆에 바짝 붙은 그의 얼굴에다 옅은 입술을 전했다. 오롯이 함께한다는 것, 서로의 온기를 나누는 것이야말로 마흔의 내가 더욱 열렬히 해야 할 일 같았다. 어쩌면 무엇이 되지 않아도, 무엇을 갖지 않아도 충분한 것을 아는 나이가 마흔인지도 모르겠다. 그렇게 마흔의 깊은 밤이 오늘도 얌전히 저물어간다. 단언컨대, 행복은 마흔부터다.